CAO TANG

有温度有质感的大唐风骨
有颜面有尊严的当代诗歌

出版发行 四川文艺出版社（成都市槐树街 2 号）
网　　址 www.scwys.com
电　　话 028-86259287（发行部）028-86259303（编辑部）
传　　真 028-86259306
邮购地址 成都市槐树街 2 号四川文艺出版社邮购部　610031
印　　刷 四川川印印刷有限公司
成品尺寸 185mm×260mm　开　　本 16 开
印　　张 7　字　　数 170 千
版　　次 2019 年 05 月第一版　印　　次 2019 年 05 月第一次印刷
书　　号 ISBN 978-7-5411-5387-7
定　　价 15.00 元

投稿 / 联系邮箱：ctsk2016@126.com
电话：028-61352760/86640163
地址：成都市锦江区书院西街 1 号亚太大厦 7 楼草堂诗刊社

特别鸣谢：
尚仲敏（诗人）
彭　毅（诗人）
何　春（诗人）
小青草慈善论坛
向全国贫困中小学捐赠
《青年作家》杂志
《草堂》诗刊

图书在版编目（CIP）数据

草堂. 第33卷 / 梁平主编. -- 成都：四川文艺出版社, 2019.5
ISBN 978-7-5411-5387-7

Ⅰ. ①草… Ⅱ. ①梁… Ⅲ. ①诗集－中国－当代
Ⅳ. ①I227

中国版本图书馆CIP数据核字(2019)第055923号

Contents
目 录

2019-05（总第 33 卷）

封面绘画：任光荣

封面诗人

Featured poet

大约只有雾知道（组诗）

韩东

[悼念]

有一条路是从家到医院到殡仪馆到不知所踪
他们说是从安适到病苦到抗拒到解脱。
这是一条直路就像一意孤行
他们说是轮回你会回到原来的地方。
当你离家时我们全都在这儿
而当你归来所有的人都已经相继远行。

有一条路是从家到楼顶到地面到殡仪馆到不知所踪
他们说是从痛苦到挣扎到终于解脱。
这是一条断头路你一意孤行
他们说就像轮回你会一次次回到楼顶。
当你在那儿时我们全都不在
而当你飞翔时所有的人都在下面爬行。

"到处都是离开家的路"——死者写道
但没有任何一条路可以带你们回来。

注："到处都是离开家的路"，出自外外诗作《来去之间》。

[看雾的女人]

她立在窗边看雾
什么也看不见
于是就一动不动，使劲地看。
而我看着她，努力去想
这里面的缘由。

远处大厦的灯光从微弱到彻底消失
难道她要看的就是这些?
当窗户像被从外面拉上了窗帘
她也没有离开
背对没有开灯的房间
也许有影子落在那片白亮的雾上。

她看得很兴奋，甚至颤抖
很难相信这是一个刚刚失去慈父的女人。
大约只有雾知道。

[失眠]

有时，你无缘无故地失眠
不是为了一句诗，也不是为了某个人。
心中无事，以为可以睡一个好觉
但突然就醒了。你闭着眼睛把自己关在里面
睡眠所需的空间不是一个房间或者一张床
而是身体伸展或扭曲构成的黑暗。
你悬浮在那里，只有睡着了才会降落。
不是一个梦，也不是现实
只是一个空洞需要填补。
你的生活在此处豁开
失眠让其绽放——一朵黑色的无影之花。
一个大蘑菇。

[死神]

我想起他的眼睛，使劲瞪着
也许没有瞪但睁得很圆。
面色红润，像上了油彩
说话的声线也有变化。
似乎他从来没有这么精神过
无论病前还是病后。
有某种期待是陌生的，我说不上来。
他向我们展示走路、弯腰
手扶住病床栏杆转脚脖子
左转一下右转一下。
他的所作所为甚至可以称之为轻佻。
病房里笼罩着一片黄铜色的光

这个人几乎没有影子。
他是我岳父，但说到那会儿
我只能称其为“这个人”。
三天后我们收到噩耗
我又想起那片黄色的光
和医院外面下午的阳光无缝对接。

[工作室]

这个地方在城市边缘，非常偏僻
到达时，街灯把林荫小路映得雪亮。
又静又亮。我的工作室就在这儿
但我不会工作到黎明。
我只是很偶然地来到了这里——
像某人的故居，和树林后面的江流
一样永恒。

仅仅是把影子映在那面白墙上
就足够幸运，更何况一道铁门
正为我徐徐移开。
我不想进入到那个幽深芬芳的院子里
为时尚早。
让我在外面站一会儿或走一会儿
走一会儿再站一会儿。

[他的头发那么白]

——给钱小华

平安夜，我们在天上航行
看见窗外的一轮明月
光芒四射，照进了客舱
照耀着坐在我身边的基督徒朋友。
他告诉我他梦见了上帝
耶稣拉着他的手走在阳光里。

“他的头发那么白，不
那么金黄，披垂在肩上……
我们就像父子一样……”
我的朋友五十岁
可耶稣永远是一个青年。
“他的头发那么白……
上帝可怜我这个孩子……”
这是可能的。然后
我睡过去了一会儿
半梦半醒之际涌起一阵异样的敏感
能感到我们正飞过云层下面的一个小村庄
似乎就是耶稣诞生的那个小村庄。
上帝是一位古老的圣婴
怜悯我们这些未来的老人，是可能的。
“他的头发那么白……”
像此刻天上的月色清辉。

[隔墙有耳]

隔壁传来邻居的说话声，
孤单中不禁一阵温暖。
然后，我听清了，原来是法语，
这大大地出乎我的意料。
一样的琐屑和唠叨，嗡嗡的人声底蕴
和我们那也是一样的。
男人、女人、孩子，
杯盘的声音……
大约是周末聚会，他们吃饭一直吃到很晚。
亲切而内向，一定是在
讨论他们彼此的生活，
不像在议论世界。
这中间有几次意味深长的停顿，
仿佛我马上可以加入进去。

[读海明威]

我在读一本三十年前的旧书，
书页已经发黄变脆了，
像被岁月之火焚烧过，
而火焰已经熄灭。
揭开的时候寂静无声，
它的分量变轻了。
这是我带在身边的唯一的一本书，
被置于包中或者枕边。
硬汉已死，译者星散，
书籍本身也岌岌可危。
只有那些打猎的故事永存，
并且新鲜，就像
在一只老镜头里看见了清晨。

[默 契]

深夜，我们走在街上
听着两个人的脚步声
彼此不发一言。
有一种走向某处或者
任何一个地方的默契。
河边传来一个女人片段的笑声
那是被一个男人逗乐的（我猜）。
但听不见男人的声音。
这是另一种默契
滞留在此的默契。
我们很快地走过去了。

除此之外，深夜的事物就只有
眼前的这条直路。
河水奔流在附近的黑暗中。

[两三个]

两三个朋友，两三个敌人
两三个家人，两三个爱人。
不能太多，但也不能
少于两三个。

现在，他们（两三人）
坐在这里和我吃一顿晚餐。
其中有我的敌人、我的朋友
有一个曾经是我的爱人。

一道光照亮了杯盘狼藉
有一个人此刻只是位置
是一把沉默的高背椅。
但无须加以增补
——已经到了结束之时。

[马尼拉]

一匹马站在马尼拉街头
身后套着西班牙时代华丽的车厢。
但此刻，车厢里没有游客。
它为何站在此地?
为何不卸掉车厢?
就像套上车厢一样，卸掉车厢
并不是它所能完成的。
于是它就一直站着，等待着。
直到我们看见了它。
拉车的马和被拉的车隐藏在静止中
惨白的街灯把它们暴露出来。
如此突兀，不合时宜。
那马儿不属于这里。
我甚至能看见眼罩后面那羞愧的马脸。
你们完全可以在广场上放一个马车的雕塑

解放这可悲的马
结束它颤抖的坚持。
结束这种马在人世间才有的尴尬、窘迫。
没有人回答我。

[一位诗人]

在他的诗里没有家人。
有朋友，有爱人，也有路人。
他喜欢去很遥远的地方旅行
写偶尔见到的男人、女人。
或者越过人类的界限
写一匹马，一只狐狸。

我们可以给进入他诗作的角色排序
由远及近：野兽、家畜、异乡人
书里的人物和爱过的女性。
越是难以眺望就越是频繁提及。
他最经常写的是“我”
可见他对自己有多么陌生。

[风吹树林]

风吹树林，从一边到另一边
中间是一条直路。我是那个
走着但几乎是停止不动的人。

时间之风也在吹，但缓慢很多
从早年一直吹向未来。
不知道中间的分界在哪里
也许就是我现在站着的地方。

思想相向而行，以最快的速度
抵达了当年的那阵风。我听见
树林在响，然后是另一边的。
前方的树林响彻之时
我所在这边树林静止下来。

那条直路通往一座美丽的墓园
葱茏的画面浮现——我想起来了。
思想往相反的方向使劲拉我。
风吹树林，比时间要快
比思想要慢。

[奇 迹]

门被一阵风吹开
或者被一只手推开。
只有阳光的时候，那门
即使没锁也不会自动打开。
他进来的时候是这三者合一
推门、带着风，阳光同时泻入。
所以说他是亲切的人
是我想见到的人。

谈了些什么我不记得了
大概我们始终看向门外。
没有道路或车辆
只有一片海。难道说
他是从海上逆着阳光而来的吗?
他走了，留下一个进入的记忆
一直走进了我心里。

好东西出于意外

韩 东

[写什么]

对一个“怎么写”已经具足的人而言，“写什么”自然更重要。“怎么写”具足指什么？就是说已经有了自己的一套写法，并行之有效。

一代人执着于“怎么写”，这没有问题，但“写什么”却被一再忽略。后者也是阅读和进入写作的一个重要视角。“怎么写”一头独大是有其背景的。

这代人训练有素，文字平滑，编排有致，喜欢阅读和写作时的快感和舒服。局部考究，转换灵动自如，有一身武艺，但基本上是在空转。炫技表明了这代人良好的素养以及潜力，但就是有点不负责任。

现代诗的本质是自由，困境亦然。怎么写都可以，但需要某种来自个人的创造性的秩序整合相关因素。任何自外部建立秩序的努力都有违现代诗的根本。古典诗歌也需要来自个人的创造性的可能，但它的难题是在“不自由”中开辟道路。

文学作为一种艺术就是鼓励说不同的话，说你自己的话。用自己的语言说话、口对心是最基本的，是诚实也是真实的一个前提。

鉴别一位写作者是否自觉，要么他用自己的语言说话；要么他的语言方式是有传承的，但这种语言方式已经不那么热门，甚至于冷僻。对我而言他就不是在人云亦云。

诗歌中有语气，或者说腔调，但还是语气一词比较好。在语气中，说话的语气是最自由和本质的，最能体现个人的独特性。有歌唱的语气、吟诵的语气，还有散文的语气，但说话的语气是我的最爱。

你没看错，诗歌可以说就是那个“啊”字。马克思说，宗教是被压迫生灵的叹息（重点是“叹息”），诗歌中的“啊”也是叹息，但并非用于叹喟或者抒情。语气也！诗歌就是那个拉长的“啊”，是语言的呼吸，人在说话，是独特生动的人声。

有一种文学语言是示意性的，传达意思即可，此外它要求灵活和节奏（舒服和活泛）。准确性和逻辑之类不在考虑之列。例如章回小说的语言。

[写作时]

应该每天写，这是增加敏感性也是降低敏感性，增加手的敏感而降低判断的敏感。不利于写作者的情况是，手生而不敏感但判断敏感以至于过敏。这里的确存在此消彼长的情况。所谓讷于言而敏于行，不是说不说了你就能写，而是写了就无须再说。

写作时的激动有时很可疑，你不是被所写的对象激动了，而是被写得如此绝妙所激动。这个判断来自何处？因为有一只虚荣的镜头看着你。去除写作中的这种“镜头感”的确很困难，但也许必要。写得太激动的时候应该适时地走开。

写作过程中尽量让你的手去思考，头脑的工作尽量消极。头脑最大的任务是阻止妨碍手思考的因素。一个积极判断的头脑是有碍写作的。

修改非常必要，但有其方法，需要尊重工序流程。只有在流程中我们才不是机器，是掌握了机器的人。

不修改就是将自己变成写作机器，满足于机械作业。很奇怪，你花了多大的力气是完全可以看出来的。说到底，写长篇是一个力气活，不仅体现于宏观规模，甚至，也许是更重要的，体现于你对每一部分的尽心尽力。

伟大的文字不仅可以改，也经得起改。经得起改写、翻译、误读。按博尔赫斯的说法，具有不朽的禀赋的作品经得起印刷错误的考验，经得起近似译本的考验，也经得起漫不经心的阅读和不理解……在变换中释放能量，甚至运行能量。

在一个大的“气场”中是允许有瑕疵的，甚至可以将欠缺变成某种优点。这和粗制滥造无关。就好像手工产品总是有个人印记的，就算不规范也优于机械制造的光滑平整。

唯一可能的评判是你有没有你自己的依

据，你是否遵循了自己？是否集中了足够的精力？以及你的怪癖是否得到了执行或者有无机会得以表达？我们只会根据你来判断你，不会根据时尚、风气，甚至至高原则来判断你。

在艺术这件事上寻求同一的道，不仅枉然，也是违背艺术之真义的。在这件事上只有不同的特殊方式，并无一致的评判依据。法官该死，而囚徒得以新生。如果是反过来的，有艺术的终极法庭存在，我肯定拎包走人了。

[很想写]

很想写诗，但不想像以前那样写了。五十岁的人写的诗应该是什么样的？招魂也招不来逝去的状态。唯有诚实，才能广大。

现代汉语很适合写诗，不仅因为它的根子是示意性语言，也因为两个字和四个字所组合的词语具有天然的节奏性。但迄今为止鲜有了得的诗人出现。虽然原因很多，但我认为很重要的一条是缺乏对这种语言的信任。要么削减其容量以求所谓的纯粹，要么以翻译为依凭改变其天然构造。说汉语伟大也都是嘴上说说的，真的信任、依托的人不多。

你可以写一种诗，但最好不要只喜欢一种诗。你也可以只喜欢一种诗，但最好不要喜欢的是你写的那种诗。我觉得应该相反，写一种，但喜欢多种；或者只喜欢一种，但绝不是自己写的那种。如此，写诗这件事才会变得有趣，也可免于自我中心的偏执。

总写一类东西会让人厌烦。那根针越磨越亮是没错的，但亮到最后呢？有一种坚持是因为曙光即将莅临，有一种坚持是僵而不死。所以，挺住有时并不意味着一切。马原说得好，只有死亡每次都是新鲜的。

转向对象吧，要明白，你真正要写的东西大于你表达之欲的种种可能。

某种艰涩、质朴、幽深、广大、严谨和玄妙之诗令我心向往之。

不要为写一篇好东西而努力，而要为随便写一篇好东西而努力。目标不是好东西，是那个“随便”。写作人生就是一个写字，好东西出于意外。

韩东诗歌的“现象学”与“辩证法”

张厚刚

韩东诗歌的写作如果从 1977 年上大学算起，已有四十多年的历史，他的诗歌理论及其诗歌创作，深深影响了一代诗人，在中国当代诗歌史上具有革命性的意义。

《大约只有雾知道(组诗)》是韩东近年来创作的十四首诗。题目依次分别是：《悼念》《看雾的女人》《失眠》《死神》《工作室》《他的头发那么白——给钱小华》《隔墙有耳》《读海明威》《默契》《两三个》《马尼拉》《一位诗人》《风吹树林》《奇迹》。这一组诗大多取材于目之所遇的日常事件，但韩东诗歌中“日常事件”，克服了通常意义上“日常事件”所呈现出的芜杂、零星、孤立等，而成为一个精神性的整体。一个个日常的、卑微的词在韩东的诗里，自己成为自己，自己显现自己，自己运动自己，在这种运动中显示出“物自体”充盈的精神性光辉。从这个意义上说，韩东的诗是他的“现象学”，也是他的“辩证法”。

[一]

韩东执着于“日常事物”的呈现，他拒绝意识形态对诗歌的浸染。有不少学者把“口语化”“口语化写作”等标签贴在韩东的额头上，这实在是一个误解。韩东的写作对象、写作语言在很大程度上只是具有“日常性”“口语化”的表面样征，但实际上，他的“日常事物”是经过“现象学”处理过的，是“精神”的外显，与现实生活中芜杂、凌乱、孤立的“日常事物”完全不同，而是有精神运动轨迹的带有某种必然性、整体性、自为性的“日常”。

韩东所采用的诗歌语言多取自“口语”这倒是事实，但“口语”只是韩东诗歌语言资源的一部分，而这种口语是经过韩东拣选、清洗的，其凝练性、表意性、指向性突出，这就避免了词语在诗歌中向前运动时的语义损耗，与此同时的，韩东认为“最重要的莫过于语气，或者说腔调，在语气中，说话的语气是自由的，最本质的，最能表达独特性的。”韩东对“口语”的征用，更多地是借助于“语气”来实现的。

在《隔墙有耳》这首诗中，对口语中“隔墙有耳”这个词汇进行改造、汰洗、加工，使其恢复了词之本意，并带上了特殊情景下的情感底色。《隔墙有耳》写的是法国西部的一个小镇圣纳泽尔。在汉语语境中，“隔墙有耳”这个词，被文化的强大惯性“污名化”太久，一般指隔一道墙有坏人偷听。韩东却在这里恢复这个词的本义，以诗的名义为这个词做出了有人性温度的辩护。“隔壁传来邻居的说话声，/孤单中不禁一阵温暖。”这句写“孤单”的句子让人心生感动。“说话声”不是来自“面对面”，而是“隔壁”，不是来自“亲友”，而是“邻居”，不是“汉语”，而是“法语”，是在他乡听到的异于母语的声音，但它毕竟是人类的声音，恰恰是这样一种声音，却能使“我”“不禁一阵温暖”：

> 一样的琐屑和唠叨，嗡嗡的人声底蕴
> 和我们那也是一样的。
> 男人、女人、孩子，
> 杯盘的声音……
> 大约是周末聚会，他们吃饭一直吃到很晚。

也就是说，这些日常生活“琐屑和唠叨，嗡嗡的人声底蕴”是诗人感到温暖的事象，“这中间有几次意味深长的停顿，/仿佛我马上可以加入进去。”在这首诗中，我的“孤单”尽管写得平静、克制，云淡风轻，但却是静水流深，蕴含着巨大的动人力量。

[二]

现象学的要义就是“还原”，把事物本身从“思维”中退回到“存在”中去，使“意义”悬置，使事物本身自己呈现自己。韩东认为“世界的空无正是他的全然无意义，正是意义所在”。这种现象学还原的方法，使事物呈现出多种可能。

组诗中多次写到“死亡”，如《悼念》《看雾的女人》《死神》等。一个诗人的死亡观是他的哲学观的集中体现。韩东对认为“求死和求生至少在道德判断上是平等的”，“人必须有为之而死的对象”，“人活着并不是为了抗拒死亡，人活着是为了寻找目的和意义，尤其是为了寻找死的意义”（《偶像崇拜》）韩东诗歌中的死亡主题当然是他的死亡观的体现，这与中国儒家伦理中“舍生取义”具有一致性，但主要的精神资源还是来自于基督教精神对世俗的超越性。

《悼念》这首诗是对一个逝者的“悼念”。在中文语境中，“悼念”这个词有明确的意义所指：悼，本义为“恐惧”，后引申为“悲痛”，悼念即指对死者悲痛地纪念。在日常生活中生死离别一直被视为人生最悲痛的事。在古典文学中不论是悼妻、悼妹、祭侄，都产生了大量优秀的文学作品，大都能情动于衷、催人泪下。但这首诗所悼念的逝者身份不明。从字面上看并不怎么悲痛，而是让“悼念”这个事相本身自己呈现自己。诗人从特殊的、个别的“死”，上升到死之一般：“有一条路是从家到医院到殡仪馆到不知所踪/他们说是从安适到病苦到抗拒到解脱。”诗中谈论死亡，显然是在谈论“生”之整体的一个环节。作者写得内敛、节制、平静，把情感封存在文字内部，不扬厉、不铺张。解读这首诗的钥匙在于诗之后的注释：“‘到处都是离开家的路’，出自外外的诗作《来去之间》”，这一条小注在诗中对应的是：“‘到处都是离开家的路’——死者写道”。外外是南京诗歌圈、音乐圈的参与者，是韩东多年的朋友，外外生前，韩东对外外的诗几乎毫不知情，外外离世后，韩东才发现外外是“作为一个天才诗人”“写出了杰作”，外外逝于2017年9月26日，韩东对外外这个朋友怀有一种内疚：“毫无疑问，我的确怀有一种负疚心理，但这甚至不是忽略一个朋友造成的负疚，而是，对一个天才视而不见的难辞其咎。”

韩东用这首诗悼念外外，但已经超越了对具体人、具体事件，甚至具体的在场情感，而提升为普遍的人类的精神事相。而外外的诗句“到处都是离开家的路”犹如一座纪念碑、一块墓志铭，彰显出外外诗歌的某种传世品质。

《看雾的女人》这首诗中，“看雾的女人”“什么也看不见”，既然什么也看不见，那干脆不看就是了，可恰恰相反，“看雾的女人”“于是就一动不动，使劲地看”，“这里面的缘由”却是：“背对没有开灯的房间/也许有影子落在那片白亮的雾上”，为此“她看得很兴奋，甚至颤抖。”最后揭开谜底：“这是一个刚刚失去慈父的女人。”把一个女人对父亲的悼念写得极为平静，而又极为深刻。《死神》的题目是“死神”，但诗的内容却是写的 “我岳父”，内容中没有一句是写“死神”的。“岳父”死前，“似乎他从来没有这么精神过”，但“三天后我们收到噩耗”。“死神”和“我岳父”之间到底有什么关系？文中提供的唯一证据是“我岳父”生前“病房里笼罩着一片黄色的光”，而死后“我又想起那片黄铜色的光/和医院外面下午的阳光无缝对接。”

“死神”在诗中显现为“黄铜色的光”“黄色的光”，这“光”沟通起了“我岳父”的“生前”与“死后”、“病房”与“医院外面”。到这里，“死神”与“我岳父”在共同的“光”中成为一。从而完成了对“死神”的转递和塑造。作者处理这类“死亡”主题，并没有陷入日常的情感逻辑，落脚到散文化的抒情陷阱之中。而是通过“赋予日常”以哲学的“普遍性”，避开了情感渲染对事物真实（真理）的干扰，保证了诗歌艺术的纯正品质。

[三]

韩东的诗具有某种程度的“目之所遇”的在场性。他的生活、他的行动中具体情境是他写诗的驱动力。这些诗大都有“因物起兴、随势赋形”的自由质地。“事物”的自我运动与“词语”的自我运动合为一。

《他的头发那么白》这首诗副标题为“给钱小华”，其写作机缘起于飞机上的一个信基督的朋友的一句话：“他的头发那么白……/上帝可怜我这个孩子……”；《隔墙有耳》写于旅途中的圣纳泽尔，起于隔壁一家的声音；《马尼拉》出自“马尼拉街头的马车”这个并无多少诗意的事件：

> 你们完全可以在广场上放一个马车的雕塑
> 解放这可悲的马
> 结束它颤抖的坚持。
> 结束这种马在人世间才有的尴尬、窘迫。

作者从这个目击事件中，几乎是自动地生出了“事件”的意义：“马”在人的世界里，已经失去了它以往的价值，倒不如“解放这可悲的马”，结束马的“非”马命运。几乎所有的诗人都写过“诗人”题材的诗，而在这些诗里，无一例外地都包含着自己对自己诗人身份的体认。《一位诗人》里的“诗人”：“在他的诗里没有家人。”他诗歌中的角色有“野兽、家畜、异乡人”。《风吹树林》中“风吹树林”作为一种近乎无聊的日常事象，“风吹树林”这个词自己为自己寻找展延的出路，从自然之“风”到时间之“风”，再到思想之“风”，一个词在诗中经历了它自己的历程，并显现为一种可表述的现象。

韩东是看重事物实存的现实处境，但同时也是看重语言作为自己而存在的自身意义。他强调：“我们关心的是诗歌本身，是诗歌成其为诗歌，是这种语言和语言的运动所产生美感的生命形式。”“对现实语言的热情和信任即是对现实的热情和信任。诗人爱现实应胜于爱任何理想，无论是历史纵深处的传统理想，还是面对未来的‘全球化’的理想。诗歌对现实的超越，而非任何理想之表达。”

“现实事物”与“诗”统一于韩东这个“诗人主体”这里，“事物”无一例外地都是作为诗人的韩东主体所统摄的事物，而“诗”也是“事物”内己存在着的“诗”。韩东在《他们》第 5 辑的封二上写道：“排除了其他目的以后，诗歌可以成为一个目的吗？如果可以，也是包含在产生它的方式之中的。”诗不再是为他的，而是自为的。诗自成自己的目的，而不是负载意义的手段。从为一个个卑微的词辩护开始，韩东着力“使诗成为诗”。韩东试图以“零度介入”的范式，冷静地从激情中抽身，以保持诗的尊严——诗生命的自足性，当然这是无法做到的。不过韩东保持了对诗歌艺术的探索，在他身上体现出：诗人的要义在于“写”诗的行动，而不仅仅是拥有诗歌产权的人。

实力榜
Major Poets

又见江南（二首）

李浔

【作者简介】李浔，60后，从事诗、文艺评论创作。毕业于武汉大学中文系。中国作家协会会员、湖州市作家协会副主席。出版九部诗集和一部中短篇小说集。作品两次获《诗刊》奖、两次获《星星》诗刊奖。诗集《独步爱情》《又见江南》，分别获得浙江省第二届、第四届文学奖。1991年参加诗刊社第九届青春诗会。

[太湖帖]

水涌上枕，浮在湖面上的云
让天有了另外的场景，那里的风
梳着芦苇、群山、线装书。
枕水的人，有不反悔的鱼游过双肩
下沉的梦境，触摸到水的根底
仿佛你已有了新的大陆，那里的虾
守卫着一个柔情似水的贵族。
太湖，像一只睁大的眼睛
跃出湖面的旭日，消逝的夕阳
“像爱护眼睛一样爱护自己的理想。”
少年时的作文，如今在波浪里浮世。
天越来越厚重，远方越来越远
小小的手掌接不住这么宽广的命题。
容易受伤的眼睛，慎重中的前景
咀嚼过的预言，终将失去了凝视的权利。

雨下厚时，春都有了台阶

西山的每一条路，滑倒了被燕子记住的人
春雨负责任的时候，碧螺春
会轻手轻脚弯曲着，太湖的浪卷曲着
被雨水淋湿的发卷曲着
清明前夕的日子都卷曲着。
这个青涩的早晨还来不及打着呵欠
却被一个手掌上有老茧的人
摸到了一则头条消息
碧螺春上市的那天，谁也拦不住天会变蓝。
那个离乡久了的人，他晃了晃
看见桥，让水挽成一个好看的波浪
你家里的花瓶，经常张大着嘴说：
“许多年，春就这样折磨着熟悉春的人。”

想给周围写一封有典故的信
抬头是青山，首句是佛珠的安静
白雀寺的草尖，滚动着善良的眼睛。
你摊开紧握过的手掌，阳光照在上面
手掌上拥挤过的血色在散开，在慢慢变白
很久以来，紧握或松开
在这个可塑性的场景里
你曾把它比喻成给予或接纳
望着散开的血色，远离了自己的初衷
“紧握过的还有什么，恢复
为什么没有任何商量的余地。”
一个无视开关的来客，白鹭
没揿门铃，看见了你的私生活
儿女成群，对情感致敬
这里有窗上的剪纸，一对鸳鸯
看日出日落，观月亮擦去最后一点污迹。
不朽的日常生活，对时间致敬
“站如松、坐如钟、行如风、卧如弓。”
砚台里研磨的墨汁，漩涡中
呈现了一个比窗外更大的江湖。
那里的椅子上，稳坐着一台钟
时间像那枝笔，运笔必须是中锋
每一句心里话都有句号。

太湖南岸，远离官道的地方
鸡在啄食，水稻在静听牛的响鼻
浅露的青菜像一些闲章
没有姓氏，毫无深度可言。
此刻，倒影中的天是不明白的
远方也是不明白的。河埠上的人
是流水沉默的证人，老村子里
锄头斜靠在远离门口的墙角
像失聪的父亲，远离召唤和教训
而你前襟的纽扣早掉了
故乡又短又旧，装不下已长大的日出。
如今，你是一个越来越粗糙的人
在时间的“嘀嗒”声里，看老太阳
从左到右犁过所有的土地。
扛锄头，划桨，补网，放养儿孙
敲锣打鼓迎亲，村头土地庙的香火
缠绕这个已简体的村庄。
这些日子，当然比过去少了许多笔画
往事一直在纸上，朗朗上口的祖宗
他没有日期，没有洗脸，没有脾气
他一直散发出泥土的气息。

一只白鹭在湖边看见了自己玉立的身影
叼洗着洁白的羽毛，那么专注
仿佛这一刻是真正的目中无人。
湖边还有你，一个对美过敏的人
专注着另一个专注。
现在很静，你一直在等白鹭飞起来的样子
不会飞的人，用一生在看飞
仿佛这专注已目空一切。
种浪花的人，在太湖的皱褶里
无限扩大天空，小心雕琢一粒水珠。
“水的故乡只能是游荡的云，它会方言
会有偏见，甚至有抑制不住的复古感。”

归宿，不仅仅是想法，而是一条船
它复活在桨声里，鱼复活在倒影里
太湖复活在湖底，又复活在天上
仿佛一个长不大的男人复活在童年。

[小村皮影戏]

邮差一闪而过，日子一下子又遥远了。
来路上的那些树，它们是多么木讷
不像被冻惯的人，越走越快
这是你心中的时间。这条路上，也有例外
蹑手蹑脚的小草面对路，似乎在犹豫
它们怕还没绿透，会被踩尽。
又到了清明，青石板路上
茶贩子、盐商、绸老板都怕水
河埠台阶上的客套话，都像流水
你从小在水的反光里，看晃动的亮光
晃动的外乡人，晃动的货轮，晃动的方言
坟草的每一次晃动，像晃动的豆油灯光中
可看见从前的老故事在墙上黑白分明
"清明无非是雨击碎雨的场景。"
是的，在剩下的是水的季节里
河流动在一句话和另一句话之间
河在手上，河在脸上，河在天上
河最后会降落在每一片叶子上。
踏青的人，都拥挤在自己的春中
"桃花不可多看，见多了会得思春病。"
远处的山上有挡不住的妩媚
这是想当然的风情。谁会记得
失聪的人总会先看见远方，腿脚不便的人
手会更灵活地指着不可能到达的地方
这世界还算公平的
面对美景的人，都有了缺陷的部分。

乡村艺人和草一样从不走老路
陌生的镇或村，广结在胸口的老词
说多了会结舌，说少了更会压迫心胸
"穿行在村镇之间，他像个老裁缝
修补季节间已脱线的日子。"
薄雾中的嗓子，已穿越时间
降落在无谓的伤感之上，像鱼肚一样苍白
他天生有一副好嗓子，不分男女，不讲究辈分
手中的线牵动着同一件事。
台下，小镇戏台边，小草妖娆而真情
回眸一笑的姑娘，扎小辫，穿碎花布衫
移动在台上台下，仿佛宽银幕的戏开演
老套的冬有着浓雾，老套的话
在拖音里包含着事件的轻重
老套的戏文里，落难的公子总会在
后花园私定终身。百看不厌
仿佛谁都是落难者，谁都想要桃花运。
水稻、玉米、萝卜长个的时候
从前的日子在皮影戏里复活。

你手中的锄头专挖陈年老账
穿西服的外乡人，鞋跟上
带来了远方的污迹，格格不入的行程
让田边盛满凉茶的罐子，等到了解渴的动机
乡土与非乡土，面对面呈现了同样背景
却没有相同的腔调。茶已凉了
更有理由让毒日再热一次，让乡土更真实一些
对，方言是一根门闩，各家不知各家事
潦草的路上有多种含义，譬如光脚的不怕穿鞋的
譬如浓茶专门等待心思重的人。
乡土的气息，都在晨间的鸡鸣中散发开来
磨盘上的那只麻雀，毫无心机
它眼里的世界，谷粒当然比天更大
黄历中的节日，都有炊烟的高度
像稻谷和玉米一样经得起琢磨、耐磨、回忆
远处的炊烟像女人的心思
一会儿浓，一会儿淡，但都有根。

把汗流尽的人，背靠稻堆，厚实、气粗、敞亮。
“土郎中手中的处方里，豆大的汗珠
专治中暑。”流汗也算是一次发泄
每粒汗珠足够淹死一颗毒日
你看，秋收真是一场岁月的欢喜。

[创作谈]

诗歌题材的“大”和“小”。在相当长的时期，中国的诗歌表现大“我”的作品占据了重要的位置，为此也产生了大量有集体主义和英雄主义色彩的诗，这些诗的立意，都采用了“鸟瞰”这个角度来审视生活现状，在语言的表达方式上也多有英雄主义色彩的情绪，但是这种概念化的立意往往是抽象的，最关键的是这些诗没有个性。我认为，忽略社会底层、无视生活细节的说教式写作方式，是很难获得共鸣和打动人心的。

诗要不要“抒情”？我的回答是：要抒情。因为抒情是诗的主要特征之一。我个人认为，诗不仅是语言，语言只是工具，关键是要进入所表达的事物的本身。过多地构造语境也会冲淡事物本身的精神。让—保尔·萨特说过：语词只是吹过事物表面的风，它只是吹动了事物，但并没有改变事物。所以，20 世纪 80 年代较为流行的单纯在语言上的探索，至今来看都是不成功的。从 20 世纪 90 年代以来，就中国新诗的诗歌观念的变化来说，已经逐渐厘清了情景与事境的关系，将语言上的抒情摆在了有限度的位置上了。

近年来，我一直在探索“随笔式”诗歌写作。我认为“随笔式”诗歌在内容的表达上以叙事、议论为主，在形式上，句式的排列和空行由内容需要而定，也不需要押韵。这种形式散漫，自由表达立意的诗体，无论是形式还是内容，都区别于其他抒情诗、叙事诗、散文诗等。在这些“随笔式”诗歌中，可以明显看出诗中或叙事、或议论、或抒情，甚至穿插对话、注释等。所以我认为，用随笔式的情绪写诗，这些“随笔式”诗歌，让人阅读中能体会出诗中所要表达的多层次事境。

【作者简介】沉河，本名何性松。1967年出生于湖北潜江，1990年湖北大学毕业。1989年开始发表诗与散文。出版散文集《在细草间》，诗集《碧玉》等。现供职于长江文艺出版社。

沉默的智慧（组诗）

沉河

[星星]

昨夜坐车上无意中发现
一颗星星。一晃就再也
看不见了。它给我的心
一阵把握后，又瞬间
暗地空茫。有时
我就这样看见那个自己
躲藏在无边的黑里
怀着无限的悲悯反观
人世与我越离越远

[黄昏]

出门，关门，下楼，左转
天在两座楼宇间亲近而遥远
每天黄昏，我有两分钟时间
由道路到广场，一阵神清气爽
仿佛这世上所有的爱恨
都与己无关。仅存的光明
带着最深沉的惋惜

把所有的事物都变成
剪影一般轻。这不是一种过场
两分钟后，我目睹了一天的死亡
它的美日日提醒着芸芸众生
活着很累，累得忘了
死亡是可以多么美

[罗丹的情人]

有时一部很好的片子和一部坏片子
有着同样的命运：我不愿意再看它一次
比如《罗丹的情人》。十几年来
我几乎忘记了它所有的影像
也几乎忘记了那女孩歇斯底里的呐喊
但我永远不会再次看它
我不忍看见一个女人因为爱而疯狂
不忍再次看见她从清澈到昏茫
爱从一到无穷。然后所有观看的人
一起沉默几秒钟，直到光明重现
上帝把俗世还给我们

[悼]

我肯定是畏惧死亡的
对于它常常是避而不见
我收藏起自己奔涌的眼泪
在很多时间里不言不语
是的，你走了
我至今也没有说些什么
我相信死亡的灵性
你无论到了哪里都会知道
我爱你
我对你只有着爱
尽管它们于你只是点滴

[云朵的爱，水的爱]

云朵的爱不同于水的爱
一朵云和另一朵云相遇之前
它们朝同一个方向飞，会追逐
一朵重，一朵轻轻
一朵低，一朵微低
会擦肩而过，记住
对方的温度

水的爱平淡，它们无论何时相遇
便已不分彼此
让对方的温度
成为
自己的温度

[湖边饮酒偶得]

暴雨间，这黑暗有冬天之象
记忆中湖对岸的山峦
应如龟
我的酒杯早空
想接一残落之雨水饮
山若有灵
当起身一醉吧

[远相过从]

来看我的朋友在我的水写帖上
写下四个大字：远相过从
他又用小字说明，系今日来的路上
所悟云云。这四字有来历
又没有来历。它是对“过从甚密”的
反对，又没要断了朋友的情义
它承接了孔夫子所谓君子小人之
交往判断，又有点兴之所至的
随意。这可能是朋友自己的
立世原则，也能予我以警醒
远一点“过”，远一点“从”
四个水写的字很快消失
像世间大多数过耳的道理们

[饮 酒]

友人你提酒来，想效仿古人
以雪下酒，那我得找个破茅屋
好对得住你的盛情
你说不必，一块空地即可
那我得准备土灶、铁锅和篝火啊
鱼即从湖中捞起
萝卜白菜蒜苗即从菜地里取起
一杯一杯又一杯
你我把自己灌醉
只是一切酒事皆情事
你未曾带一位红颜知己
这酒便当它作虚无之气
我们喝下了些什么呢
我们其间又唠叨了些什么呢
你把你这老身躯变成了
一根铁棍，我把我变成了
一堆泥。你的敌人不在这里
我的身上没有花朵
爱呀恨呀混沌成眼前的黑
你后退着向我告别道
有何进步可言，能退回去多好
此刻清醒的唯有此醉语

[缺 席]

被收割的庄稼和被烧毁的野草
不是此刻田野的缺席者
那些依靠植物们生存的
小动物和昆虫们，或远走他乡
或把自己深陷于泥沼里
以遵循自然定下的法则
我作为一个不能冬眠的人
只拥有把自己从人群中
缺席的权利，（它真的是权利吗？）
却不能放弃日日需要的庸常
每一天，山岳被河流折磨
蓝天被大海毁灭，永恒者
依旧永恒着

[创作谈]

今夜天空中挂的是一弯月镰。它使人想到情感的痛苦总是如刀割一般。念叨着苏东坡的两句：此生此夜不长好，明月明年何处看？他看到圆月时势必看到了弯月。诗人内心之涌动如此明暗转换间。

对于好诗的追逐不也是这样吗：一生为之所惑，好像没有完结。由于与生俱来自我的羞涩和对于他物的迷茫，以及不知其源的想象。对于柏拉图而言再好的诗歌也只是影子的影子啊！

读某人的诗知道他在哪里；读某人的诗知道他在做什么；读某人的诗知道他在冥思；读某人的诗知道他在歌颂。读老友的诗知道他在诗人合一，参悟大道，正本清源；读自己的诗知道自己在百无聊赖地发乎情止乎礼。

核桃硬硬的壳包裹在肉外面，于是人们敲碎了它，吃掉了里面的肉。蜜桃软软的肉在外面，于是人们吃掉了它，留下了里面硬硬的核。

形式过于鲜明的诗一击就碎了，失败得一塌糊涂；本分的诗则洒脱地留下了它的本源。

因为诗歌更多时候是一个慢动作，所以古时候出门远行是一个多么重大的事情啊，在诗人们的一生中都是会成为历史事件记载下来的。诗人们一路缓慢地行走，无处不陌生，无处不神秘，只有一个故乡，而世界俱为异乡。

而今天的我远行归来。时间消失了。这世界没有任何表面的变化。天上的星星，多少年了，能看见的还在。

【作者简介】李成恩，现居北京。著有诗集《汴河，汴河》《春风中有良知》《高楼镇》《池塘》《狐狸偷意象》《酥油灯》《光芒》，随笔集《文明的孩子》《写作是我灵魂的照相馆》，以及《李成恩文集》（2015，多媒体版）等十多部，部分作品译成英、法、德、西班牙、蒙古语、越南语等语种。

一个人的内心里全是薄雾（组诗）

李成恩

[黑帐篷]

一条牦牛如我的密友
沉默中走向黑帐篷
一块玛尼石如我的福音
放在我的黑帐篷前

我睡在黑帐篷里
心静如草原
我听见大地的心跳
我听见雪山一点点融化
大河在不远处静静流淌
好像在向我诉说世界的秘密

世界还有什么秘密呢?
我睡在黑帐篷里翻了翻身
又睡着了，但心里隐隐想着世界

在草原
就在世界中心
在黑帐篷里
就在全世界的安稳之中

[在北京的晨曦里]

群山静卧，像巨人的身体
我看不清他的头颅、脸膛与手足
世界从石头缝隙里伸出一缕头发
柔顺如千年曙光，照亮从黑暗里
苏醒的大地。我置身于北京晨曦
仿佛新生的婴孩沐浴母亲的慈爱
光影鲜活，晃动我的眼睛
我爱京郊山水犹如爱我的此刻

潭拓寺佛塔的尖顶在晨曦里
闪亮，我看见世界慢慢舒展开
京西古道泛着年轻的光泽，那深深的蹄窝
盛满了梦的甘露，我是赶了一夜
长梦的人，我背上竹篓里的香烛
反射火一样的晨曦。这是北京
新的一天，妙峰山翠绿的树木
敞开怀中的岩石，那是我健壮的兄弟

我爱我此刻在晨曦里迎风而立的兄弟
他们坐拥日出前所有的美色，生命的
奔涌即将来临，妙峰山变幻出朦胧的
蓝色，像一首自然与自然碰撞而出的
音乐，我爱此刻妙峰山的树木与岩石
他们的灵魂静静等待被黎明奏响的一刻

鸟鸣打破了黎明前的静寂，蓝色的山体
晃动了一下，天地在一瞬间向我打开了
一条万古常新的古道。我是那个从明清
连夜赶来的人，我有着古人的仁爱与赞美
我有着今天早晨的蓝色梦幻，我与北京
一起苏醒，等待被太阳照亮，那一刻即将
来临，生命的恩宠降临人间，我屏住呼吸

[通惠东路]

美好的旧日子，通惠东路上的灯光

倒映美好的旧日子，我梳头
像植物茂盛的通惠东路
我唱歌，像空旷而弯曲的通惠东路

有人在路边下棋，有人打太极
而我只是路过，只是消费灯光
石凳、街心花园与黄昏的光线
它们集体在通惠东路倒映我旧日好时光

运河在两三里外流淌，那是古代的河流
与我的诗篇有了模糊的关系
我听见运河里的鱼群在梳理波浪
好像我梳头，我看见运河边的柳树
在弯腰，在点头，像我的去年与今年
我去年向春天弯腰，今年向夏天点头

通惠东路上倒映美好的旧时光
街心花园的相识，偶然的握手
哦好了，这就是生活，陌生的朋友
善良的市民，通惠东路上扑闪的灯光

[船上一日]

江水缓缓流动，芦苇跟随我一日
依依不舍的样子是人生的至高境界

我怀抱一册《地理》，上书爱江山
亦爱峡谷猿猴的哭叫

青山要么扑向河水，不知爱恨情仇地
奋不顾身。要么扑向我这样陌生人的怀里

鸟语亦陌生，青山亦有怀抱
只是我不曾扑倒，在船头我梳理鸟纤细的羽毛

那么光滑，那么缓缓流动
我站立船头，面容浮起来仿如隔世

[绝 句]

我一打盹，秋就没了
好像我把秋遗忘
其实我心怀艾草，眼里的红叶还在燃烧

我只身来到薄暮
一瞬间我的头颅与山丘一起融入了
悲喜交集的残阳

[你怎样获得我的爱]

我是新寨村石经城的一块石头
我的肉身上
雕凿了美丽的
嘛呢石经

我是二十亿块石头中的一块
我是沉默者中
唱歌的那一块
我是挣脱黑暗发光的那一块

如果你来看我
我会流泪
如果你跪在我面前忏悔
我一样会忏悔

泪流满面的石头是我
我压在二十亿块石头中
我的肉身
已经不是我一个人的了

你伸手抚摸我时
我会战栗
你干枯的嘴唇
说出你的痛苦时
我会说出我更多的痛苦

我终会飞翔
你终会从长跪中获得我的爱

[野 渡]

我需要山水的爱，所以我抚摸孤舟
一个人行走在祖国，我需要祖国的爱
所以我怀抱野渡

我行走在辽阔的大地，一个人的内心里全是
薄雾。全是深藏不露的哲学
宗白华在其中散步，我挽着瘦马
站在美学的岸边，抚摸孤舟

马致远也像我一样怀抱野渡
他是清瘦的古代书生，昏鸦的叫声
传到我的耳朵里，一团薄雾的叫声

抚摸与怀抱，千古不变的爱的动作
爱山水，爱道路落满灰尘
爱野渡的薄雾里一棵人形树
一颗肿胀的头颅，孤零零地叫喊

这是端午刚过的一幕，屈原的焦虑与
紧张，皆在山水的焦虑与紧张中
我需要山水的爱，所以我抚摸孤舟

[创作谈]

翻看十多年来自己写过的作品差不多两千首，很多都没有拿出去发表。我曾说我的写作不是给别人看的，我的写作从不考虑给谁看，我甚至不愿意把很多诗歌贴出来，因为很多作品是个人的，就像小时候我记下的日记，写下的小说一样。我觉得小时候的文字真实得无可比拟，长大了就一点点异化，有时我会做梦回到小时候，小时候说过的话才称得上真实，现在我们使用的是书面语，说的是普通话，但小时候说的才是母语，从母亲那里继承来的语言。小时候说过的话、记下的日记、写下的小说，那才是一个人一生中最负责任的写作。

诗歌对我意味着爱，意味着创造人类最奇妙的世界，记录我最真实的生命体验。诗歌是世界赐予我的财富，是抵抗虚无的最坚固的门。

诗歌写作与现实的关系是血肉、鱼水的关系。我的写作是我个人的现实主义，属于我个人的历史穿越与玄幻，以及现实批判与心灵的抒情。

诗歌创作如同坐禅入定，需要修炼。我习惯于边行走边写诗，我的很多诗是来到一个地方，看到陌生的事物与景物后即兴写的，这一点我很愿意学习古代诗人，他们是行走在大地上的歌者。我以后会更多的在行走中写诗。这就是体悟与修为吧。

见证，或创造（组诗）

舒丹丹

【作者简介】舒丹丹，20世纪70年代生于湖南常德，现居广州。中国作家协会会员，任职高校英语副教授。著有诗集《蜻蜓来访》《镜中》，诗歌入选多种诗歌选本。译有诗集《别处的意义——欧美当代诗人十二家》《我们所有人——雷蒙德·卡佛诗全集》《高窗——菲利普·拉金诗集》，及诗画集一册。曾获广东省有为文学奖第三届“桂城杯”诗歌奖金奖、2013年度“澄迈·诗探索奖”翻译奖、“第一朗读者”2016年度最佳诗人奖、罗马尼亚雅西市政府颁发的“诗歌大使”称号等。

[见证，或创造]

一经春风照拂，兰花草就开放了
敢是东风第一枝，何惧晚来风急

一经磁石点化，缝衣针就带电了
无论怎样摇晃，终将指向磁极

在喜乐和忧愁，消长与轮回之间
万物相互见证，相互创造：犹如你我

你创造了无数的你和无数的我
我创造的，只是唯一

[凝 神]

怎样从一滴蓝墨水里看见深湛的湖泊?
怎样从一截木纹中听取山林之斧的回声?

一个人的眼睛怎样托举一只白鹭
飞过山重水复，飞过柳暗花明
于茫茫碧海中认领金色的沙洲?

——除了凝神，再无旁的路径

[孤独的约书亚树]

荒漠和天空之间
这些树在奔跑
这些有着圣徒名字的约书亚树
它们虬曲的枝条，像一种挣扎
挣扎中向上祈祷
每十年一英寸，它们的生长如此缓慢
慢到让你确信，它们并不急于获得高度
所有进入过枝干的阳光，水分，和沙砾
最终都会渗入根须
在暴烈和严寒的时刻，成就生命的真相
它们守着脚下的砂石，一棵树
遥望另一棵，一棵树，望不见另一棵
把自己活成一块活化石吧——
在这速朽的世上，孤独是应该学会承受的
真理。看，它们挥舞的手臂仿佛在布道
“抵抗死亡的唯一保护
是爱上孤独。”

[卡萨布兰卡]

没有去过的地方很多
卡萨布兰卡是令人心醉的一个

世上那么多城镇
城镇那么多酒馆——我只想走进你的

香槟还在冒泡，灯火还在幽深的眼神里流淌
夜晚在卡萨布兰卡蒸发出某种味道

是世界的炮声，还是我的心跳？
只有卡萨布兰卡才敢说出这样的情话

年轻时不会知道，玫瑰总是与伤口相伴
一生光阴也可以为某一天而活

在阴影中种植诗行犹如栽培虚空的玫瑰
有谁相信，梦境中造访的人，终生再未相见

——没有去过的地方很多
卡萨布兰卡是令人心碎的一个

[有序之爱]

上帝，亲人，爱情——
永恒的三颗棋子
稳定的支架。无形的秩序
美德。或人类的七宗罪
纠结，缠绕，燃烧：麻团或火焰
奥古斯丁说：“给我内心的爱定下秩序！”

从来如此，我们给予爱情的爱如此之少——
少到甚至不能长久地进入我们的生活
少到相见唯余沉默，或一声“你好”
少到只能寄身于诗行，梦中
或记忆的锦灰堆

少到一天中只够匀出几秒钟的时间
当你凝视夕阳的余晖跃于水面
当你与另一个隐藏已久的你无声相对
那种金箔般纯粹的闪烁
像灵魂的光生出翅膀
你知道，它来了——

[十年，致信仰]

十年，足以让一棵铁树开花
足以用月亮的银丝线绣一只孔雀
绕树三匝，飞走，又飞来

赐给一些，又被抽走一些
偏离一些，又被纠正一些

错失一些，又被创造一些
——纵使神伤，时间已然是个奇迹

在一架隐形的天平中
上帝依次放下
葡萄与苦栗，月桂与荆棘
头顶的星空，与心中的戒律
神的赐予如此恩慈，我们深知

窗外，月亮依然明澈，宛如初见
遥不可及，又何需可及——
值得我们从词语的窗口
久久凝视

[食物经]

忽忆儿时，在祖母家的河堤上
每到春天艾蒿青青
家乡习俗，采三月三的艾蒿嫩叶
煎饼做粑。后来在他乡也见过
以浆麦草，藜蒿叶，或鼠曲草代之
为当地人所乐道
而我独爱艾蒿

不仅于此，同一事物的不同时段
本相也大不相同，譬如
第一剪春韭，与夏季开了花的韭菜
埋在土里的冬笋，与破土后的竹笋
终不成滋味，甚至一败涂地

而另有一些，似乎并不受时间侵害
反在时间的窖藏中成就厚味
譬如酒，或保存得很好的
普洱和陈皮，经年不坏

始知总有些事物不可替代
有些流逝一去不返；有些情谊
历久弥珍——

每样事物的核心，都燃着一盏
自我的，无法参悟的灯火
关于解码的秘籍
上帝说，拣选和淬炼
凡人如我，称之为，神秘的启迪

[白鹭飞过八百里洞庭]

黄昏的江水，澄明辽阔
我伏在石栏杆上，长久地听着涛声
一只水鸟掠过江面，低低地飞过
忽然想起儿时
外祖母讲洞庭湖白鹭的故事——
那只衔着一根树枝的大鸟
口不能鸣，翅膀不能停歇
除了疲乏时将树枝置于水面稍作休憩
一生中的多数时刻，唯有在寒风中
拼力飞翔，飞越万顷波涛
飞过八百里洞庭
寻找那水草丰美的绿色沙洲——
外祖母意在借此鼓励我小小的意志
而幼时的我，总是对于结局更为关心
“白鹭真的找到沙洲了吗？”
外祖母点头——
美好的故事，虽然不乏坎坷
如今，更打动我的，早已不是故事的结局
而是那漫漫飞翔途中
无尽的艰辛与孤独，和那些
与飞翔的使命一直如影随形的事物——
同行的翅膀，一根小树枝
或者，远远的凝望与祝福

[北门码头]

北门码头的春日傍晚独属于我
当我伏在栏杆上

看江面苍茫，游船拉响沉重的汽笛
我有悲伤如烟雨

当我沿滨江路跑步两圈
某些东西随细汗析出
旁观栈道上手拿铁叉叉鱼的人——
鱼儿没叉到，人，险些跌进水里
我听见自己的笑声
像那鱼嘴，划破水面，又顽皮溜走

而当我歇坐小叶榕荫下
春天的细叶，拂了一身还满
闭上眼，感觉江水正越过堤岸
漫过我风中微凉的脚踵
激起内心的涛声，连绵不绝——
犹如，远远地爱着
隔着距离，自神圣处
那磅礴而清凉的喜悦，反而
永恒地存在

[创作谈]

对塞尚来说，苹果即世界。诗歌的辽阔宽广，并不在于题材的宏大或声音的喧哗。

不要纠结于诗歌的真实或虚幻，在诗中，每一朵真实的花都有虚幻的花瓣，每一颗脚下的沙石里也有星星的遥远，反之亦然。

注重个人性的诗歌并非就拒绝普遍性，相反，诗歌正是通过对个人性的深度挖掘抵达对普遍事物和人类共通情感的表达。从个人出发，才有可能抵达世道人心，抵达人类共通的生命体验，那种以空架空的庞大空壳是可疑的。

技艺的锤炼与内容的表达，二者并非矛盾或遮蔽关系。一个缺乏技艺的银匠，即使有块好银子，也打不出好银器。

诗歌中的情怀和境界是把一首诗从琐屑和平庸中区分开来的最高要素，也促进和锤炼生活中的我们成为我们想要成为的那个更好的自己。

诗歌是关乎心灵，关乎生命机密，呈现自然和生命样态的艺术。诗的表达与我们的生命情绪息息相关。诗歌创造了一个超越现实的外部世界和个体心灵，捕捉到最真实、最细微的生命的律动，是我们对世界和生命本质的思索和洞察。

诗也是一种生命的启示和自我提升。通过与诗歌所创造的自然、他者以及“另一个自我”的互动和交流，打破现实生命的麻木状态，完成对“他者”的认识和对“自我”的确认，而诗歌，激励我们完成这种精神生命意义上的提升。

非常现实

Life And Poetry

城中村

孙晓杰

[一]

燕子是第一个逃离者
曾经的麦地，长出水泥的楼群
把阳光挤扁
塞进：离乡而去的云的行李
大片的楼影
与过去的树荫，山崖和屋檐之影完全不同
风也性情大变
不再直来直去
一群拥有二十四节气的人
变成只有
一种气候的石榴
麦穗丢了。他躬下七月的腰身
捡起几根雨丝
五六个黑衣老人
蹲靠在一角阳光里，腮舌暗动
仿佛咀嚼着城市的楼群
施舍的一块豆腐
软和，富含蛋白质，耐人寻味
孩子抱着看家的狗
泪痕挂在皴裂的脸上……

他们的脚，纷纷从田埂上滑落
泥尘踉跄，跨进一条条
从不认识的街道

[二]

土地被征用。旧墙与新墙
被挖掘机大声呵斥
仆然跪地
补偿款让年老者窃喜
安居房让年轻人欢欣
而墓地里的死者，重见天日
乔迁新居

浣衣的村姑，换了霓虹灯的眼神
婚戒上：泊着一辆豪车
而一只蚊子，落在她的胸口上，像
一处微型的昆虫文身
村东头的戏楼下，麻将成为
假冒的戏迷

已习惯从鸡鸣声中睁开的眼睛
在嘈杂的死寂中醒来
同一张脸，但已表情迥异
接二连三的哈欠
拖过懒散的地面

农具已成屠龙之剑。爬满
锈蚀的秋虫
一捆盘起的草绳
在无奈的缠绕中掩饰着它的长度

[三]

被挤压。再挤压。成了
逼仄之地。成了
角落。成了
缝隙

蜘蛛快速上网。外地拥来的
淘金者压低帽檐
过度的分割，使出租房的板壁形同虚设
入夜之后，全是
叫春的猫

[四]

它在城市之中
它是无人置疑的被改造者
首先是外套、鞋子
接下来是脸色、口形、目光、举止
直到灵魂

城市讪笑它的普通话是醋溜的
仿佛它是一盘白菜
醋，大不了酸一点
但刀来切它，一刀一刀
让它惧怕

它的青砖的瞳仁黑瓦的头发
它的青草和露珠的气息
它的麦粒的黄金
它的苜蓿花丛的欢爱
它的方言：无法逃遁的祖先的血
它的祠堂里的肃穆与宁静……
像一场轰然醒来
但已忘却无痕的梦

它似乎只能用活着的死去证明
已经完成了改造
如不验血，它已认不出它
是谁。它

扶着沉落的夕阳。叫它
乡愁
而在一切的尽头
仿佛是日出

【作者简介】孙晓杰，中国作家协会会员。在《人民文学》及国内各大诗刊发表作品并选入百余种诗歌选本。参加诗刊社首届“青春回眸”诗会。获《诗刊》年度优秀诗人奖、中国诗歌排行榜双年奖实力诗人奖（2015—2017）等奖项。著有诗集《黎明之钟》《银狐》《火焰的伤口》等多部。

尘世恩典（组诗）

曹宇翔

[勺米镇]

路旁指示牌上地名让我眼睛
突然一亮，巴浪河边的山坳里
一定有一勺米，不多不少只一勺
生动，亲切，勺米仿佛出现在眼前
接着啊，旅途疲乏一扫而光

快看，快看，野鸡坪，又一个
地名一闪，差点让我喊出声，为响应
那勺米，车窗外出现并不存在的
一群野鸡，昂首挺胸，身披锦缎
一只只像古戏台上传说的帝王

是的啊，兄弟，我平生没有什么
奢愿，对生活早已知足，感恩
可这世上总有一些未知事物
新奇的事物，让我似没来由地微笑
心灵欢呼，不由自主地兴奋

这里刺绣，唢呐，铜鼓，酒令舞
我都不要，只刻记这个地名
默念于心。从此我未来日子里
有了一勺米，只看不吃，搁在那里
粒粒饱满，晶亮如玉，多么喜人

[阿嘎山之夜]

山顶木屋宽大露台迎向浩瀚
星空，欢乐在我们脸上闪着柔光

几把椅子，几杯清茶，观赏山下
绵密灯火，我们是匆匆过客

又是归人。刚才是什么事呢
让我们哈哈笑个不停，孩子般开心

夜空深邃无际，投来星光一瞥
头顶有流星插话，倏忽一句评论

突然都不吭声了呢，隐约听见时间
消逝，生命在枯萎。啊一阵出神

也许真有平行宇宙，宇宙某个角落
真有几个，与我们一模一样的人

仰头无语向另一个我们遥遥致意
这一夜，寂静开花，天赐悲悯

[伊犁河边]

霍尔果斯口岸遍野紫蓝薰衣草
涌向天边，香飘遥远。那是吐鲁番
葡萄，传说的火焰山。那是喀什
阴凉坎儿井。那是哈萨克兄弟情谊
阿勒泰大路旁，马奶酒，上马酒
摆在车盖，仰面而饮，一人三碗
托人生邂逅之福，拜生活所赐
我曾来新疆两次。兄长，此刻我们
站在伊犁河边，男儿襟抱浩渺无涯
你这严谨持重、不苟言笑的大校
带兵人，刚才我分明看到你脸上
一闪而逝，不易察觉的伤感
那是流向北冰洋的额尔齐斯河

喀纳斯湖，巩乃斯高大俊美的马
那是红柳，盘羊，裂叶梅，白杨林
戎马倥偬，人生处处。赛里木湖
那拉提空中草原，远处雪山，帐篷
孤单，牧民大叔好客，合影留念

领我到天山脚下僻静山谷指给我
看你们当年搭帐篷营地，扯着嗓子
唱的歌早已随风而逝，修那天山公路
风雪里光着膀子，流血流泪流汗
刚才你买水果去看新兵时房东大妈
你没找到，顿时眼神失落怅然
天空湛蓝，天色向晚，西望云霞
绚丽，我们说好了每人捡块小石头
顺着河水向西投，比一比看谁投得远
不知为何，我们最终都没投，望着
流出国境的滔滔河水，小石头
在手里攥半天，又丢在伊犁河边

[凝视记忆里的嫩江]

舒展被楼群和红绿灯折叠的心
看一身泥水的孩子重复他童年游戏
一会儿月亮升起来了，自波光粼粼
江心，把水中碎小星星撒到天上
多么嫩生生好听的名字，嫩江
他要把所看到的一切全部带走
带走空旷，独轮车秸秆，汗津津的
骡子，带走一个孩子寂寞的眼神
碾场碌碡似的大西瓜，用西瓜刀　切一块
漆黑的夜，黑透的黑

静透的静，草屑似的点点星光
浸透大地的荒寂，稀落人烟
带走肥沃，所有细节，灌木丛，远
变幻的云彩一会儿两匹马，一群羊
一朵云在天上菜地拱食瓜秧

今岁何岁？浪花捧出一轮朝阳
岸边那个似曾相识年轻人是谁呢
红五星，红领章，一身的确良军装
还有些羞涩。他向这边走来
这个咧嘴笑的青年，能是谁呢
真比川剧变脸神奇，一眨眼
那个人不见了，像眨眼时隐进你的
影子，影子一闪，闪进你的身体
端起茶杯续水，拿火机点烟
穿上肥肥大大的你，晃晃荡荡
“多少诗人把流逝的岁月镀上金”
此刻书房里的人是你还是他
凝视记忆里的嫩江，哦沉思默想
这首诗作者，到底是他还是你
烟灰掉在书桌上，面目沧桑

[拉萨谣曲]

三十五岁时，去传说的拉萨
一个人，住在一座空荡荡的大楼里
夜静睡不着呀，拉萨河哗哗
那些，八角街那些磕头的人
我都不认识，没有说话。小巷深处
听说巍峨石崖，露天的壁画
五十六岁时呀，我再去拉萨
八角街那些磕头的人好像都没离去
我又去看了看石崖巍峨壁画
老楼，旧址，新楼。氧气瓶
红景天，低压一百呀，高压一百八
匆促转道成都，喘口气回家
林芝山南日喀则，美在何方
拉萨呀，天蓝，云白，夜寂，星大
两回我没看清，哪叫格桑花

【作者简介】曹宇翔，山东兖州人，居北京。曾军旅生涯多年，大校军衔，享受国务院政府特殊津贴专家。著有诗集《家园》《青春歌谣》《纯粹阳光》《曹宇翔短诗选》《祖国之秋》《向岁月致意》，随笔集《天赋》。诗集《纯粹阳光》获第二届鲁迅文学奖。

生与死靠得有点近（组诗）

赵亚锋

[在葬礼上]

来殡仪馆的路，很颠簸
像她临终前的无数次折腾。哀乐弥漫
告别厅里滚动播放她的视频
无声的视频。而照片
有些很珍贵，她都没见过
有人在评价她的一生
全是溢美之词，她想笑
被搀扶进来的老伴
悲伤得有点过分。结婚六十二年来
他没有为她流过一滴泪
弥留之际，儿女们就把她送到这里
开花圈店的大儿子，见惯了生死
暗忖着借此赚一笔
以弥补母亲生前的偏心
她看见三儿子用煤球染黑的手背
不停擦泪。这个五十六岁的汉子
因为没有见她最后一面
而号啕大哭，像个无助的孩子
挽联上没有二儿子的名字
只有他的儿子站在那里，看起来
极不耐烦。放眼望去，黑压压一片脑袋
她全不认识啊，可儿女们
需要这样的场面。大家都表现出了
难过、哀痛和凄楚。只有她的一个病友
平静的目光里，带着羡慕
这让她亲切——
仿佛是一粒药
为另一粒药送行

[现实一种]

医院对面，必是寿衣店
生与死，一直是对立的存在
但小城太小，生与死
靠得有点近
监狱旁边，宾馆在厮守
在此住店的人，多是长住
且夜不成寐
作为医生，她对患病求生的人
深感怜悯，却对服毒致死的人
充满敬意。同是跳下去
他救落水者得心应手
却对坠楼者一筹莫展

[快递员的日常]

从业三年来，他快递过
容易坏掉的面点，保鲜期很短的樱桃
香气四溢的水果，神秘兮兮的硅胶体
有些大件，比如冰箱、洗衣机、家具等
他一个人扛着上八楼
还有些被查禁的图书、管制刀具和仿真枪
差点被没收。有一次，把他截住
现场打开一套化妆品，精致的小瓶子里
倒出了粉末——他吓得浑身哆嗦
差点跪下……每天早上 6 点，他开着
物流公司的三轮车，先把挤坐在车头的老婆
送到建筑工地。再把蜷缩在车厢里的儿子
送到城南小学。干这活儿，他最乐意
也最舒心。11 点 50 分，送完快件
他还要依次去小学、工地
领取自己的“快件”。他热爱这份工作
越来越痴迷于业务，无件可派时
他想把自己快递到乡村
让父母签收

[一夜灯火]

正月初五凌晨，T169 次列车
顶着一身寒冷，以疲惫的速度
从西安返回天水。你坐在窗前
看火车后退着前进
想象一个人如何病着康复
忽明忽暗的光
像一些深深浅浅的爱
穿过黑夜的肉体
近六小时的旅途中
你似睡非睡，无数次
将目光投向手机
365 条信息，闪烁微光
像一堆取自骨头的磷
羞涩，摇曳，温暖了一夜
天就要亮了，你整理行装
顺手掐灭了这些
不点自燃的火焰

【作者简介】赵亚锋，1982 年生于甘肃秦安。中国作协会员。作品散见《诗刊》《青年文学》《星星》《诗歌月刊》《诗选刊》《飞天》等报刊，入选各种选本，曾获黄河文学奖、第三届“李杜诗歌奖”新锐奖。著有诗集《内心如纸》。

世人各有各的苦（组诗）

漆宇勤

[那些色泽暗淡的名字]

我的村庄里容下了一个投水的人
一个将自己交给悬梁上绳套的人
一个在大瓶农药里逃避委屈的人
留下接受不了现实的
独自拉扯着三个孩子坏脾气的男人
早鳏与女儿相依为命冷性情的男人
老实巴交不敢与邻居争吵的男人
天底下最亲近也最能承受苦痛的那个人走了
剩下不善言辞的人更加沉默
饭碗般的天地那么大，站得最高的那棵樟树
看见龙背岭上纸钱飞扬的一小片惨白
过段时间又用灰褐色来覆盖和忘掉这一切

记忆里这些在绝路上留下疼痛的人都是女性
她们老实，声音不大，在晦暗的包围中无处诉说
而另外一些提早进入泥土之下的男人都因为意外
高楼上做工时一次失足；马路上回家时一次失神
身体内部突如其来一次失守
为三百场丧礼做过法事的老道士有时也发愣：
世间的人，各自有各自的苦
世间的水，都将流向同一个湖
隐秘中修纂个体村庄史的人洞悉这一切
唯一能做的，是礼貌绕开这些色泽暗淡的名字

[读 诗]

有人写父母离去：两扇门先后关上
故乡开始闭门、隐身、尘封
夜来读诗的人读到此处突觉悚然
焚香祷告：父亲和母亲一定要活得
足够长，足够老。那样我老来
才可回老家，住老屋
捡拾年轻时在龙背岭
留下的老旧的影子
这世间的亲人、邻里，幼时
种下的树

才不陌生，不荒凉
我才不会回故乡如异乡

[凿石碑的人]

手持铁锤的人用出大力气
在石头上写下一长串人名
此后石头就重新改名为碑石
每一个文字和笔画都那么用力、那么深入
他不能不这么认真，因为他总怀疑
有一天泥土下面的人会爬出来
绕到前方看着石头上自己的名字

[致悼词的人]

从大堆近义词中选择足够合适的那几个
从常用的表情中选择固定的那一个
他认真，肃穆，将几年才操练一回的任务
当成无比重要的事业。咬得字正腔圆
似乎念出的每一段话都不是给生者听
而是为另一头的朋友、部属或老领导
打扮光鲜，收拾残局，做好世间最后一件事

[不 够]

时间总是不够
不够写字，交友，工作
生命总是不够
不够生病，领奖，发呆
这世间的爱情最是不够
不够认真地爱完一个人

【作者简介】漆宇勤，生于1981年11月，在《诗刊》《星星》《青年文学》《北京文学》《人民日报》《雨花》等各类刊物发表诗歌散文习作一千三百余篇次。出版诗集《另起一行》《向阳光微笑》《安于生活》《无法拒绝》等六部，散文及其他文学作品集六部。

人类的悲伤还没有用完（三首）

白公智

[人类的悲伤还没有用完]

晚饭，因为粥熬得太稀了
炊事员在不停地道歉
五零后说，有碗稀粥就不错了
六几年，他曾连续一周
每顿只吃一根苦不拉几的黄姜
九零后不爱听，搁下饭碗
就争吵起来，别把痛苦
当资本，动不动就拿出来说事
生活好了，没什么不好
吃苦少了，没什么不好
我们只是年轻，还有大把的
人类的悲伤没有用完

[送 葬]

死者为大。亲人们赶回来哭祭
就连不大走动的亲朋，邻舍
也都来走动一回
好似一生的热闹，三天必须凑够
桐木棺椁，就像当年花轿
再次被颠起来，扭秧歌似的
摇摇晃晃，抬出门

看起来，大家不太悲伤
一个农村老太，活一辈子，苦一辈子
也就剩这最后一回热闹了

[我的乡愁只是内心一缕割舍不掉的深情]

此生耗去的光阴：故乡 16 年
省市 6 年，县城 20 年，外县 10 年
故乡仅占三分之一还不到
却要我日思夜想，一生难忘

回到故乡，其实很多人
并不认识我，而认识我的
或外出打工，或生老病死
或迁徙到城镇。都跟我一样
随遇而安，错把异乡
当作了故乡。而故乡
正随着光阴的流逝，渐渐
淡忘了我。我的乡愁
只是内心一缕割舍不掉的深情

【作者简介】白公智，作品发表于《诗刊》《诗歌月刊》《星星》《诗潮》《草堂》《延河》《诗选刊》《中国诗歌》《中国诗人》《绿风》等。著有诗集《村居笔记》《与子书》及《纯诗九人行》（合著）。诗作入选 2013 中国好诗榜。获第二届金迪诗歌奖卓越诗人奖。

最青春
Younger Poets

水的尽头相遇大河（组诗）

朱永富

[肖像]

后来的事，就交给相框
天冷，骨头凉
我们在门前数流水

我们在抹玻璃上的尘土
抹了尘土之后

所谓慈祥，就是经历很多年
一底褪色的底片
纵横着沟壑和山脉

[目击者]

他们穿过花圃
拐到冬青树下
左顾右盼
像一对机灵的小松鼠

我用朝气蓬勃赞美他们
并用五月刚探出头的
苗圃里举着露珠的花骨朵接过之前的赞美

他们还那么小，小到单纯
他们牵手了
又迅疾分开，星星尴尬了一会儿
连月亮也成了偷窥的小学生

[西湖]

我有足够的时间想流水
一路抒情
想心里，涌上来，又摁下去的部分

感性，柔软，没有棱角的一生

想流水的脚，万千和千万
舟行碧波，荡漾着一颗春心

倒影是流水的孤独
一舟，一篷，一槁木

桥洞善于吸纳
流水善于吞吐

烈日当头，人世需要阴凉的话题
雷峰塔走后，又涌来小孤山

[午时记梦]

竹篙已用旧，却能
倒赶一匹蓝天走向的流水
如果镜头放慢，倒也像当年的李白
从三峡走到武汉
不同的是那河流只是通途，流水也枉然
木船顺着水流爬坡
那陡峭，多次规避出人世的平坦
水的尽头相遇大河
那么多水，舟行碧波，我告诫自己
时间是公元前某年某日
只身奔赴于
集镇或乡场。回望来时的路，多穿行于
山洞和黑暗
想到回程时的恐惧，被电话吵醒
八月的午后，南柯一梦
阳光一片大白

[黄昏饮酒]

一曲未完，西斜的落日像一只琉璃盏
杯中抒情
强作的新赋又添三两滴

推杯换盏和豪气干云
此时只取酒的意思

我说过，群山在上，大地是空空的怀抱
我在山顶喊娘。群山
都成了无人认领的孩子

[风跑了一阵，停了]

跑是小跑，迎面的花枝撞个满怀
流水化开来

这让我想起我的故乡

炊烟一幕薄绸
犁铧奔跑在泥土中
王大伯又背着青草粪，从小桥经过

文字赶考的夜晚
所有的乡愁都是细软

[乌篷船]

笔墨寡淡，无意描摹
那种回归
流水之后，江湖停着泊字

烟雨长廊，拱檐雕花
石阶有极无极
若时光绵长弯曲

我们绑架了流水
我们又迁就了流水

时光之前，流水之后
斑驳的竹篾顶舱，高挑的红灯笼
刚刚拐了个弯

[每个人眼里都有一条富春江]

长皴撵山，短皴赶水
枯润墨法
打湿前朝涉水的鞋子

取山千层，而留余莽；取树之
异同，尽染成林
在人心之旷达处留白
远古一墨
风吹旧物，一樵，一渔，一白帆

每个人眼里都有一条富春江
山川应横着看
流水宜竖着读

每一个节气，都远来是客
借一把古壶
取水冲茶，相拥一幅断代的长卷。而后

“远山长，云山乱……”

【作者简介】朱永富，男，生于 1984 年，贵州纳雍人，贵州省作协会员。诗歌发表于《诗刊》《星星》《草堂》《诗林》《诗潮》《中国诗歌》《诗选刊》《绿风》《山花》《山东文学》《飞天》等文学期刊。

人间写下的留白（组诗）

雷晓宇

[古桥]

大地上长存一种温柔的弧形：
河流不时回望故土
苇草在岸边，垂下头来
群山静穆，天空也有臣服之意
——远方的平原，远方的门
远道而来的古桥
抵达彼岸的方式竟是如此温柔
它与水中的幻影，合成
一道永生之门。从此门游过的鱼群
终将奔赴大海——用一颗
如归故里的赴死之心

[白雪与流水]

薄雪覆盖村庄。第一个看到雪的人
尚在轮回之中。这没有由来的一丝一缕
像民众的小善，正在为这个世界滴水穿石
多么绵长的力量啊：白雪触地又反复落下
从上午到深夜，直到生成为一种永恒
万物都已沉眠，但溪流仍在耕种
带着最初的爱和地下的火焰
带着不息的悲风，像《创世记》的第一首圣歌

[神意]

通讯录里，那些各奔东西的名字
从四面八方赶过来。
我们彼此拥抱、寒暄，谈起如鲠在喉的往事
嬉笑怒骂，一如往昔。沉默时有人感叹：
时间过得太快了。大家一齐附和：
确实太快了，一转眼就十四年了。
两种声音，如同旷野上的野马和回声
天色正在变暗，已过而立之年
生活中严厉的训词，正一点点追加到我们头上
对此，大家彼此心照不宣。菜上齐了

有人提议：再等一会吧，他在照顾病中的父亲
要晚一点才到。他是我最亲密的同学
我们曾在渤海边的一张藤椅上，彻夜长谈。那晚
海风带着腥味，把夏日的长夜吹得有些苍凉
我至今还能记得他说过的一句话：
自己解决不了的，就把他交给神

[枝头]

我见过青蛙的死，山羊的死，飞鸟的死
最后是亲人辞世。像是前世早有约定
他们临死前双足挺直的决绝
如出一辙。共同的奔赴之意
尽在这尘世间最后的纵身一跃

[故友]

年过而立，人事渐稀
周遭的几座小山成了我
为数不多的故友。往往无事登临
我偏爱它秋后的枯寂与散淡
不惑的善和疏离，不再为高远一类词
扰乱心神。而木叶落尽的树林，也为天空
让出了位置。这是我们漂泊多年后身体
才在人间写下的一点留白
霜雪来临的时节，我偏爱它
在暮色中的样子。孤月挂在树梢
像一阵经久不息的铜钟
有时，我像困兽一样嘶鸣，不消多时
便会得到它的回应，仿佛山里
藏着另一个随时闪现又迅速分解的自己
更多的时候，我只是沉默——此时万籁俱寂
偶尔会有几滴露水，从我的额头淌下来

【作者简介】雷晓宇，生于 1984 年，湖南邵阳人。作品发表于《人民文学》《诗刊》《解放军文艺》《星星》《草堂》《西南军事文学》等。曾参加诗刊社第三十四届青春诗会。

梦里都在劝诫自己（组诗）

周园园

[光照进来]

入冬以后
阳光总是斜斜地打在格子被上
我常呆坐家中，听楼上主人往返
远处的火车轰隆隆驶过
我也常自导自演一场舞台剧
布袋熊，圣诞鹿，挂在木杆上的长尾猴
都被赋予各种角色
有时，我看见它们，披上一束光
去往森林深处
它们踩着低矮的蕨类，穿过灌木丛
默默地背走我写下的这些文字

[该如何爱你]

夜里睡不着时
我便想起那天
初见你的场景
可我要表现得矜持而含蓄
甚至不能多看你一眼
我该如何爱你
不能跑步，上气不接下气
追赶开向你的巴士
不能在下车后
直接奔向你
我要四处走走
去书店，去家居馆
穿过节日的气氛
漫不经心地
走向你

[节 奏]

一个人必须要有自己的节奏
又必须跟上所爱之人的节奏
不在场的爱人
你想象中的美人
你都必须跟上
那个神秘的语调、语气
有一天你打乱冥冥之中的节奏
便被爱宣判死亡

[女 人]

太累了
当一天结束的时候
当我走很远的路
终于回到家中
坐在冬天寂静的床上

亲爱的
我已经把裙子拉到腰际
我要蜷坐在你怀里
如同偎着丰收后的稻谷

可你在哪里
这一生都快要在这种
疲惫中
走到了尽头

[晚上八点的音乐]

晚上八点，楼下会准时想起乐器的声音
十点，楼上的人会准时走来走去

八点时，我就当听一场音乐会
像候鸟落在槐树枝上梳羽毛
十点时，我不得不离开书桌
从烟盒里抽出一支烟
也走来走去，走来走去

我爱上这准时而来的音乐
以及平淡日子里的来来回回
我靠这些记住了时间

[一生要怎样度过]

这么多年，我独自走过很多地方
经过密布如织的雨水
也顶着乍然而起的凉风
总觉得一个人四处走的意义很大
但面对爱和恨时，又很小
我不会游泳，可我常去海边
甚至有一次，海水已经将我淹没
像洗衣时，白色泡沫完全浸没
一大盆衣裳，已经溢出来了
是的，某种况味也溢出来了
暮年的光，追着我，从阿达纳
萨班哲清真寺，到伊斯坦布尔的老皇宫
我自说自话，我又是谁
蔚蓝色的大海盈满我的双眼
但愿我这一生还会经历更多的海
更多的光打在海面上
让我安宁如木，静静地漂在黑暗里

[戒 了]

她终于不再写语焉不详的信
说门前隔三岔五的丧葬
也不再虚构一片不存在的森林
不去涉水采来香花槐的蜜
她在她的谎言里睡着了
梦里都在劝诫自己

[这具体而冷的生活]

这具体而冷的生活，充满未知的旅途
那些成片开放的牡丹，仍在人们的想象中
你说你已经习惯饮食，偏辣的，没有加热的茶水
你说一切虚无的，都已抛弃，你开始说一点脏话
可你还是那么纯真，甚至更加喜爱踮脚张望
仿佛一株植物，偏爱长在呼啸的铁轨旁
你说，总有一天，你会遇到你的心上人
你说，我不懂，那种徒劳的等待，世俗人叫它爱

【作者简介】周园园，女，1989 年出生于黑龙江，2014 年毕业于福建师范大学，文学硕士。作品散见于《草堂》《星星》《芳草》《山花》《诗刊》《诗林》《中国诗歌》《福建文学》《山东文学》等刊，入选多个年度选本。曾出版诗集《回望时光》。现居天津。

它们已然长成果实（组诗）

阿步

[一起吃饭的人]

我更愿意和对面那个浑身是土的人
坐在一起吃饭
和他一起表达对食物的
渴望和爱
我知道他可能和我一样，很穷
没有吃过什么山珍海味
甚至都没有见过
他的心里
可能也不会装着清风明月
星辰和海洋
但是他放下碗筷后的那种满足
抹嘴时的不好意思
都让我心里踏实得想哭

[日常生活]

学会了做饭就不会饿肚子
下班早的时候
会特意买一点新鲜的菜
自己做饭
天暗下来的时候
就把灯打开
等它们熟

也有时候带着委屈回来
也会特意买一些新鲜的菜犒劳自己
只是天暗下来的时候
不再把灯打开

还有一次，夜深的时候
坐在马桶上抽烟
抽着抽着就哭了
那之前，很久很久没哭过

[秋天来了]

窗户开得越来越小
好多的爱逐渐冷却下来

我想坦白，把所有
不能说的都写下来

但我还是无法
避开谎言

这半生，我说了太多
现在，它们已然长成果实

[傍晚]

很多话
是说不出来的
那个时候
特别像傍晚
站在阳台上
看到的远方

[立春]

公交车上，一个小朋友历经艰辛
终于有了一个座位
眼睛就笑成了一条缝
坐稳了，他把手里新买的鞋子
抱进怀里，紧紧地抱着

立春了，马上要过年了
我站在一旁看着这个孩子
忽然想起，十年前
曾和老友相约却未吃成的春卷
如今这早已成了一笔糊涂账
它们已然长成果实我们都已纷纷步入中年
唉，这该挨千刀的岁月啊

[站在医院缴费大厅的一对乡下母子]

拎着水果的人经过了他们
捧着鲜花的人也经过了他们
拄着双拐的人
直不起腰来的人
各种各样的人
都在经过他们
他们就站在原地
小伙子神情慌张，举目四望
老母亲紧攥着他的胳膊抬头看着他
他们一直站在原地张望
好像一个可以信任的人
也没找到

[看病人]

我的姑父得了癌症
以前，我们从来没有
这么隆重地去看过他
就算春节也只是去给他拜年

他现在躺在床上
疼得眼睛都睁不开
他应该不知道谁来看他了

在他还好一些的时候
他就已经料理好要什么样的衣服
什么样的棺木

我们站在床前还在一遍遍地说
好好养着，过段时间
我们再来看你

我觉得在一个已经摸到死亡的人面前
说这些话的我们是不道德的

【作者简介】阿步，85后，河北沧县人。文字散见《人民文学》《星星》《青年作家》《草堂》《诗林》等，入选《中国最佳诗歌》《中国诗歌排行榜》《天天诗历》等年度选本。曾获第三届万松浦文学新人奖，入选第五届《中国诗歌》“新发现”夏令营。

动物死尸（三首）

郑在欢

[寻找光亮的人们]

小时候
从借来的书上
读到一篇童话
在一个遥远的地方
人们每天晚上
拿着口袋，去远处
把光亮带回来
一个路过的外乡人
觉得他们太过辛苦
送来了一只公鸡
每天鸡一叫
天自己就亮了
人们很惶恐
不知道为什么会这样
也不喜欢这样的天亮
于是，他们生气地杀死了公鸡
依旧每晚
拿着口袋
去远处寻找光亮

[我们要的不多]

我们需要喜剧
即使在悲剧里
在为他们伤心之前
我们想
放松一下
或者两下
再多点也行
我们不介意
多笑几次
悲剧性的结局
迟早要来
希望它能慢一点
再慢一点
虽然在这之前
我们满怀期待

[动物死尸]

一只天牛被踩死在马路上
我把它当成了蝉
想不到我对昆虫
已经如此陌生
在城市里
看见最多的就是人和狗
其他的动物
大多相遇在餐桌上
那时候
它们都已经熟透了

【作者简介】郑在欢，青年作家，1990 年生于河南驻马店，现居北京。作品见《人民文学》《大家》《芙蓉》《青年作家》《小说界》等刊。著有短篇作品集《驻马店伤心故事集》。

大雅堂
Selected Poetry

花树（外一首）

曾纪虎

我看见它们的花色由白而黄，黄白交映
我看见它们钟形的黄色花冠
我看见它们的藤蔓匍匐前行，将有黏液的圆果隐藏

树底下坟茔围绕，一块块菜地裸露在墓碑前头
黄昏未到，凉下去的雾气就已在这里盘旋
我路过，心急如焚，间以旁若无人的大喊大叫

你不在这里，你不在
我看见藤蔓枯萎，树木倒下；辛苦而势利的农民
在树的周边开垦，以扩大他的菜畦

我看到裸露的黄土
我看到裸露的败砖
我看到树的枝干被裁剪，魔幻般消失

父亲，在你生前，我是你的一部分
增加你的劳累、病痛，增加你的坏脾气
现在，你是我的一部分——

为着这人世必有的哀思

[畏惧]

夜晚醒来看到你们来到床前，这是第几次
正值年轻时没法确定你们的长相，那时我也在拼命活着

去世快二十年后，反而能慢慢分析你们在世时的面相
我现在认同你们吵架后的懊恼结论：你们不合在一起

但是你们在一起了，不是吗

墓碑靠着墓碑，枯草连着枯草，接受我们的祭奠
然后夜夜结伴来到我的床前

我很久都不能同意我们的土坯房的消失
因此设法阻止侄儿们将它推到，在它的基础上安上他们簇新的家
我也固执地认为，百年后的现在你们无家可归

那个地方你们已经回不去了
你们在消失，时间和记忆在消失，田地和菜园已经不是原来的
我的年少生活换了一个角色，这个角色也在消失

在闪电中的告别之吻（组诗）

曹琨

[文学院]

一座孤独的教堂
落日照着它有些破败的尖顶
天空虚饰　四野沉寂
我是教堂里小小的杂役
负责把窗户擦亮
给灯盏里添油
为一些讲故事的人安放椅子

我曾在教堂前的台阶上徘徊
那么虔诚地为敲开这扇门
稿纸上布满文字的遗骸
我是在一个冬天
被一场封山大雪送进圣殿
在十字架下栖身
接受面包　水
和新鲜阳光的洗礼

就这样岁月以文学的名义
云淡风轻地穿过我的年龄
翻检身后所有黯淡的日子
都是些低调的真金白银
只是未来得及发光
我会始终坐北朝南
继续用汉字搭建楼梯
目送水往高处流
偶尔溜出去
用一截诗的残砖换一壶酒
顺便怀念一下远方的鱼

[繁体字]

看见繁体字
就像看见我的外婆
珠圆玉润　甩着水袖
从上古的绣楼款款走来
就会看见时光从右到左
竖着退回到一块残损的龟甲

一条细长的河自殷墟出发
从竹筒中穿越
直到在一张张薄薄的纸上恣肆横溢
那些叫文字的沙粒堆在岸边
小篆婀娜　狂草飞舞
文人墨客手握狼毫
笔锋如刀锋
凭这些横撇竖捺
与仗剑的英雄平分天下

这些时间的牙印

神的手语
隐匿于洞窟的密码
在古籍里兀自葳蕤
它苍劲虬曲的枝头
托举着一个巨大的身影
树下捡食果子的人们
满腹楚韵唐风
无论身在何处
只要念一句：举头望明月
就可以从树的根部
沿着一条方块字铺成的青石板路
找到远方的家

[维也纳]

连那些安息的尘埃
也抖动着睫毛醒来
在维也纳的街头
没有什么比得上音乐
更像上帝的口哨
集合起陌生的心灵

穿越中心广场
走过金色大厅
站在美泉宫花园宽敞的草坪上
莫扎特是在哪扇半启的窗户下
稚嫩的琴声
打动了女王苍老的内心
当月光像一种最悠远的呼吸
缠绕在施特劳斯雕像的指尖上
四处泄漏的音符
是欧洲柔婉的鼾声

是夜维也纳有风
风中散发着
啤酒、香槟和马尿的气息
以及那些被音乐煽动起来的
无处安放的异乡之魂
此刻，如果我有天空一样广博的耳朵
就会听见蓝色多瑙河与维也纳森林
在闪电中的告别之吻

[炊烟]

炊烟是村庄灼热的鼻息
是幽深岁月绵长的呼吸
而这些年，炊烟就像瘠薄土地上
长出的南瓜秧
在春天的屋顶
牵出几缕瘦弱的藤蔓

有炊烟方为人间
为何山乡灯火渐稀
就连每个冬天如约而至的雪
也学会了爽约
好在亲情就像一根套马索
在腊月的尽头
把散放在四面八方的心
朝着家的方向收紧
炊烟被除夕的爆竹一轰
终于赶出一头红红火火的年

伤疤（外一首）

春树

一个女人正在桑拿室
躺着蒸桑拿

我铺开浴巾
也躺了下来
听到那个女人发出沉沉的呼吸声
像是睡着了
她躺着
丰满结实的乳房和壮硕的身体
蜜糖般的肤色
像大地之母
我把手轻轻盖在
自己那道
剖宫产伤疤上
又轻轻挪开
我也闭上双眼
享受着温暖和舒适
让自己尽量
什么也不想
第三个女人推门进来
向我们打招呼
“你好”
我蜷缩双腿
给她让了点地方
我们赤身裸体而躺
三种肤色
同样静默
第一个女人离开时
我睁开双眼
一眼看到那个后来进来的女人
漂亮的乳房
而左乳是一道扭曲的伤疤
她都经历了什么?
我们继续躺下
我们的身体
就是我们的经历
写满我们的故事
我们避而不谈
我们非常满足
此时此刻
我们享受着蒸桑拿

[爱的重量]

小姨
年初一
给我发了六百块钱的微信红包
说给馅饼
她正在北京
一户人家里
当月嫂
再干十几天才能回家
我点击接收
一整天
我都感觉到了
沉甸甸的重量

我们看见彼此的车站（三首）

小葱

[阆中古城]

这一天之中最后的光，被折叠在
归途。万物沉入黄昏而失语。

我们使用魔法术，缓缓解开
芭茅花的守望，抖落紫红色的线形波浪。

小云雀眼中的闪耀，诞生出彩笔，

涂抹山坡至少几遍，只为画出梦中的海妖。

银河地毯，不断地缩短，
绕嘉陵江几个来回？雅鱼在水底梳头。

我们的脸，也艳丽起来，
像刚刚告别过的，阆中古城墙下的三角梅。

凤凰山以及远方，向我们奔来，
紧紧簇拥——稍后，要和绿星星共进晚餐。

[杜甫草堂]

气泡的阴影，有一搭无一搭地
敲打楠树下羞愧的旅人。

这一晚，她梦见草堂上的星空，
也是废墟的模样。

[西 充]

水滴，在眼中熠熠生辉，
我们看见彼此的车站。

看见这十余年未谋面的光景呵。
——青春的小尾巴已被捏断，
我们？又不是壁虎！

不如先坐下，慢慢话雨声。
让烤鱼的麻辣，像划过中年天空的闪电。

晚唐时的巴山，究竟怎个淅沥？
——是时候了，我们被餐桌上一片
醉了的葱叶变轻。

听懂回音中的隐喻又怎样？
那敏感的耳朵——还是不能
救出沦陷于诗歌中的自己。

河堤（外一首）

傅云

父亲和我们坐在河堤上
泥土夯成的河堤结实宽广
正是春夏之交
河水清浅见底
风在对岸绿色的麦田里舞蹈
风吹皱一河流水
吹过我们脸上

父亲说这是他出生的地方

河对岸的晋北平原上
远近几座村庄
黄泥房子，夯土院墙
炊烟一条条挂上树梢
我们问是哪处院子哪间房子
父亲眯起眼望去
屋顶间有一群燕子翻飞
离开得太久，找不着了

这时风从对岸绿色麦田里吹来
风吹皱一河流水
吹过我们脸上
我醒来

恍然记起父亲离开我们已十年

[发光的橘子]

二十岁夏天
入夜我游荡在街头
那些树梢结满发光的橘子
每一颗胀满带电的汁液
在风中摇摇欲坠

今夜回家路上
透过风中摇曳的树丛
那些街灯，橘色的
仿佛是凝固的橘子

熟透了的她们悬挂在树梢
十年没有坠落
只为等待一个采摘的人

那触电的口感
品尝一颗
需要勇气去预支一生

当年明月在（三首）

张小末

[搬家记]

压在箱底的衣物
书柜上久未打开的书
柴米油盐，两个日益笨重的身体
都被重新整理
即将去往一个全新之地

我们带走了什么
愿意奔赴未知之境的决心？那些
积压于体内的尘埃
将被清扫干净
被搬动的过去，也包括我自己

当我们说出，这生活的破绽之处
曾有过的迟疑
而窗外，春天再次到来
活着和死去
“终将如流水一去千里”

[山 中]

巨石盘亘。苔藓冷峻
茶树上白花如星，而香榧树果实青涩
叶与叶排列紧密
像我每日握于手心的梳子
同行之人低低絮语：
“她已一千余年，而我们只是过客”
愈来愈重的暮色里，沿途植物
正渐渐高过我们
一年将尽，山林中积年的沉默
在谈话声里清晰可辨
有什么在暗暗起伏？
这山中小路，又将通往何处？
当我们停留，俯视着黄昏的山谷
风正吹过。彩色烟花盛开在远处村落
人群中响起小小的惊呼
这热闹的人间，此刻漫长又短促

[蓝]

一种蓝在深海叹息
一种蓝悬于明亮之处
一种蓝羞涩，但坚定地靠近了风

一种蓝沉醉于一场小小的
虚构的甜蜜
一种蓝剥落自己
鲜艳的汁水令你着迷

一种蓝奔跑，一种蓝静默
一种蓝狠狠扔出自己
但夜色合拢的时候，你看不见
她缓慢的悲伤

一种蓝抱紧另一种蓝

醒来（外一首）

王政

我知道
晨曦已从黑夜中醒来
叫早的鸟鸣
正在丛林里起起落落，作飞翔状
而云朵，在山腰匍匐上行
莲雾有着丰硕之躯，亦如
临风的棕榈树，透着挺拔与宽厚
我知道
这样自然醒来的清晨
只是我，窝居裂谷小城多年来的
其中一个。它有着和煦的阳光
也有着自然灵动的流淌，而更多的
梦醒之后，是舒展的花朵
从黑夜饱满结实的胸膛，脱颖而出
仿佛一个人，一株树冠
一座复苏的大吊臂，站在
城市包围农村的时代广场上
从天而降了
我听见
奔涌的江河，潜藏在我的体内
怀揣繁盛，也怀揣不安
像绵绵不尽的山野，拔节生长的玉米林
像我众多的亲人，朋友，和醒来的文字
奔向仲夏的密林深处

[十年]

坐在黑夜里，想一个人时
花就开了。恍若一个人变成了
整个村庄，一朵花的芬芳
就长出翅膀，在山谷里神采飞扬
屏住呼吸，不用回望
就知道溪水在低处流淌
而一棵挺拔的黄桷树，总是坚守在
根脉相依的村口，让炊烟煨出
一剂良方，可以呼春暖
可以唤秋黄
有时，写在纸上
他就是冬去春来的犁铧一把
泥土翻飞，五谷沉香
有时，挂在心上
他就是唢呐声响，叫醒乡野的领头羊
而更多的人间过往，总是停留在
十年未见，依旧蜿蜒的山路上
你若抬头，仿佛星星眨眼
一袭清辉，照亮天堂

手印（外一首）

向武华

帮扶队送来复合肥
一人一袋
其他贫困户都攒着头
签名领肥，只有李国强
躲在后面，有点不好意思
直到所有人领完
村会计捉着他的大拇指
沾了印泥在领肥表上摁了一下
会计转头对我讲：
“这个摁手印的，
就是你的帮扶对象。
好记。”

晚上回来，梦见
贫困户李国强，慌乱中
把手印印在我脸上

[一棵苦楝成了风景树]

城中村纳入棚户区改造
这条路两边原来有
玻璃厂、早餐摊点、小卖部、
垃圾收购站、补胎棚、洗脚城
还有一棵苦楝树，每到秋天
都搭满了丝瓜藤

巷道路涮黑后，旮旯肮脏的东西
一扫而空。原来这么嘈杂的一个地方
开车经过时，变得安静了
苦楝树竟然那么美，在秋天的落日中
飘零着几枚枯叶
好像一个钉子户在拆迁中发了财
开始每日笙歌燕舞，出入宝殿大堂

小场景（三首）

谭明

[那条鱼儿有着轻微的兴奋]

那条鱼儿，鳞甲苍青，嘴角
长有少许的红
各种鳍上，凝着朱砂状的疼痛
那条鱼儿，同其他
沉入水底的鱼儿，略略不同
因为，它的脸上
出现了微笑。也许
它梦见了欢乐的源头
有着轻微的兴奋
或者，远走下游的忧愁
怀抱着轻松
也许，它错过了
自己的婚期，却得到了自己的节日
也许，水有些蓝了
野蔷薇也显得温暖。也许
它再一遍看清了从前的险滩
又一次经历
民歌中的平缓

[小场景]

几片白色的花瓣飘落而下
太阳的光，红得一抖
那只蚂蚁同黑色一道
惊得蓦然站住
而此刻，我才发现
我就是那只蚂蚁，匆匆地
撞疼了额心
暗蓝的忧伤

[惊瞥]

谁在以雁声为刀？剖开
长天的寂寥
平野漠漠，树木瘦如枯僧
已很少有人繁茂
唯有那个向西眺望的山尖
金红一片
想必是它已经看见
大雁如同墓群
正嘹呖着，缓缓地横空而过

深夜的病房

缪立士

把儿子哄睡，我已无眠
不到二十平米的病房
容纳着万吨的苦痛

儿子还小，不能清楚地说出
但哭声是那样准确、锐利
一下一下地撕扯着我

左床是个出租车司机，正在遭受断肠之苦
他的小肠被切掉一截，不时发出呕吐声
像被突然按响的喇叭

另一床已经停止呻吟
小腿缠裹着药布。在深似沟垄的额纹中
我看到一片水稻正等待着他收割

走廊寂静。窗外闪着数点微光
当新一天的晨曦射入病房
愿所有的痛像夜色一样消散

深度爆破

陶杰

我堂哥，一位五十多岁的
煤矿工人，专门负责
地下爆破。他有一张
中药似的脸。小时候
我们怕鬼，夜里一群孩子围着他
就像围着一只巨大笨拙的铁火炉。
好多次，我们看见他
头戴钢盔，满脸严肃，像一只
土拨鼠行着礼消失在洞口。
我们从来不敢跟着他
到那神秘幽深的地方去。
我们留在外面，尖叫着
把一些纸片和气球搅得满天飞。
当他再次出现时，我们
把他想象成一个穿越时空隧道
回来的人。我们知道
刚才，就在世界安静得
像一碗糖水的时候，某个
我们看不见的地方，被他改变了。
他的方式让人着迷：一只手握着
哧哧响的火，另一只
在黑暗中摸索，寻找一个
一摁就能让千年痼疾松动的部位。
这些年，每次回乡

我都要去陪这个沉默的男人
坐一坐，从小他就喜欢用一种
枝头注视落叶的目光注视我们。
一片树叶离开树，变成
落叶，一个人离开人群
成为我。我这样，我那样，仿佛
一只瓶子被风吹得呜呜响。
记得我们曾经把耳朵紧紧地
贴在地上，窥听堂哥在下面
爆破的声音。耳廓灼热，耳朵里
有了压舱物，我们变得
像身边的煤块一样安静。
多年以后，我仍然不停地
模拟那个动作：将我的耳朵
贴在某个物什上，倾听。
在没有深渊的地方
制造深渊。更多的时候
像堂哥那样，一个人
待在一张纸的深处，制造爆破声。

蝴蝶标本

李桥航

她不会飞太久，作为头饰和眼影
最终，会从她据有的一切中，被时装设计师
转换成衣服的花纹。她的一生
将在各种场合停留
以另一种飞翔
代替她本有的翩跹：

巴黎碧凤蝶
越南柑橘凤蝶

她也不会待太久
被一根大头钉穿透心脏
无论有多少天使
在她身上跳舞
或唱歌

敌意，永远消磨于
美与美的沉默之中

白

落风

你一直有很多种说法，昨天
你是沉默的火焰，月光凋零

今天你是雪
有世间无可奈何的白

黄昏隐没于群山
你所有的言语归于寂静

暮色点亮窗户
整个秋天落在怀里

虚无主义者的明天遥遥无期

光阴的音乐性（三首）

半城

[代沟的多种可能性]

我们还缺少
更多一些
可以口口相传
痛彻心扉的爱

像早年
我们愧对
青黄不接的粮仓
无能为力的雕花婚床

我们还缺乏年少时
翻山越岭的勇气和野性
藐视山石狰狞的讥讽
游戏山路狡黠的出没

也缺乏成年后
摇橹划桨的果敢与沉稳
在风雨飘摇的世态中，领略
河流不动声色的呜咽
堤岸不离左右的环抱

我们早已掏空
悬挂在枝丫上，作为
象征主义存在的鸟巢
那些冰凉羽毛里残留的
既有成长时欢愉的表情
也有死亡时短促的哀鸣

我们还渐渐忘却了
早年破衣烂衫的羞耻与愧疚
我们的母亲也很早就老眼昏花
淡忘了穿针引线的紧迫、担当
也记不起鞋底针脚疏密的繁缛与严谨
对于陈年往事，他们似乎越来越
比我们，还懒得一再提起

[光阴的音乐性]

时间以流淌的
方式，疾速滑行

如果你能感觉出
它的律动，它的震颤

声音，便有了
迷人的金属质感

除了有丝绸般
光滑的平面

还可以呈现
青石板一般
沧桑的立面

这是人间
客观的真相

我们没理由
拒绝，接受
主观的认可

像腊月尖叫的北风
一直把刀锋的锐利
提在手上

[爱]

我爱这人世间的恢宏、博大
也爱所有渺小、卑微的事物

爱它们的忙碌与闲适
也爱它们的凶险与慈善

偏爱一只蚂蚁——
通俗易懂的象征性

深爱三两白鹭——
悠然田园的画面感

还爱每一尾黄蜂——
义无反顾的毒刺和牺牲

更爱每一座庙宇——
力所能及的倾听和护佑

风来采诗（外一首）

蓝帆

我没呼唤　风随梦来
看不见首尾　成群成片

风来采诗　我没诗
只有藤架下举着的灯笼成串

那些起伏的山　笑盈盈的水
代我攀谈

风归驿站
旗帜似有似无　飘在站台
河汉诗眼　浓缩成月
不动声色

[诗眼]

大地为油菜花排版
长方　正方　三角
插画的飞鸟　巧立头上
为金色当诗眼

白云和轻风挽臂搭肩
欣赏天空清澈的湛蓝
驾鹤西去的诗人们放飞作品
百鸟唱诵　音律婉转

金色的美女曼妙舞蹈
心向远方　脚踏土地
菜花把一世的荣光用在春天
喷薄浓郁的娇艳

渔翁的船桨为涟漪击节
灯火阑珊　江岸画卷
水在抒情　船进港湾
一季浪漫醉心间

一棵树

石晓红

最初看到的是一棵
然后，一亩、十亩、百亩、千亩
一棵拐枣树，率领身后大军
在这片土地上，牢牢扎根
它们抱团取暖，生死相依
立于棕溪这方山水
它们誓将弯曲的日子过得舒展
此刻，面对一棵树，我开始思考
思考它们，如何怀抱风雨
如何隐忍岁月。如何
默不作声，日复一日
等待，风霜后的
甘甜

新书架里的旧瓦片（外一首）

——参观白莲泾动迁户新居

桂兴华

如果它不稳定
如果它不稳定
心里就会掀起风暴
人的一生
也许就是为了
获得这一片实实在在的瓦！

这片瓦
是老父亲弓下的脊背
是危棚最后的贫困
是岁月留下的另一页记录

此刻
早已逝去的一夜夜风声雨声
竟然与一本本身披盛装的书并列
许多记忆的翅膀就在这上面起飞
又在这上面降临

主人真有心计
将它这位待遇最低的打工者
从电视连续剧里请了下来
让客人们经常打开来细细品读

想想悲凉的从前
好像天天在下雪
一旦起风了，落雨了
总担心它会坠落
它习惯了忍受
习惯了在雨点的敲打中
伏在缺草少树的第一线
扩展着家可怜的面积

今天
一辈子都穿着深灰色外衣的它
只是装修中的点缀了
它稳稳地坐着
跟五湖四海打招呼

它在对比
它更在提醒所有的眼睛
不能仅仅关心
这片积过厚厚霜雪的瓦

[精神的食粮在哗哗泻倒]

——写给民生路3号，这里曾是亚洲最大粮仓，
而今变身为城市空间艺术秀场。

三十个大筒
仿佛有30只巨型漏斗
哗哗倒下
城市雕塑委员会主办的空间展
哗哗倒下
变形的老地标
滨江新姿
街头艺术
两岸远景
哗哗、哗哗泻倒下来的
一间间艺术夸张啊
令黄浦江下游南岸涌来的喜悦
被浇得
被淋得
被洗得
合不上眼眶

所有的狂热是多么渺小
所有的支撑是多么伟大
所有的台阶是多么必须
所有的配合又是多么恰当
虽然还遗留了一些潦草
但从反面提醒了
所有的畅想和亲水广场
每一个窗口要秀得像精细的镜框
简易也是一种风格
也让每个观众暗暗鼓掌

世界上有两种饥荒
难以抵抗
一种看得见
一种看不见
脱贫者都有自己的储藏
只有在温饱以后
才赶紧扩建另一座粮仓

精神的食粮
并不在乎苍老的码头上
那扇铁门锈迹斑斑
那群八万吨筒仓依然空旷
怕只怕没有空间
有空间的没有新的开放
空留下一段段灰灰的单调和外墙

我怎么不认识你了？
对你我熟悉得就像码头的歌唱
今天我沿着长江汹涌的呼吸
再一次停留在梦乡
这条岸线的主人
已经推倒了无形的屏障
以更强、长的宽畅向生活移交
迅速把遗憾补上

谁没有冲动
谁就不能在大考场体会想象
旧的仓库成了花园
新的创意又在架梁
我一次次迷失在地图前
一漫步就把昨天
远远甩在花园长廊

大浦东啊
你始终在落成新的展望
使粗犷变成艺术
艺术又添了新的粗犷
多亏有名人指点——
爱因斯坦、比尔盖茨们就在身旁
多谢有花木相伴——

想丹桂就有丹桂
想丁香就有丁香
要樱花就有樱花
要白杨就有白杨

这不是洋泾港吗
已经孵化出这么甜的力量
这不是民生路吗
无时不荟萃着猛将
无边的绿色地毯
用新的集聚区震撼了四面八方

当我行走在
黄金海岸与黄金水道的汇合口
所有的浪花随我一起时时都有表演
连岁月也想挤进这东方的“百老汇”
神秘的粮仓……

号子的回声

谭晓春

鸟从山崖飞出，群山被压低
翅膀的弧线，提亮夜色
水中的船，像叶片飘忽
落日的勇者，一头扎进岁月的长河
古铜色的皮肤，闪闪发光
一种神秘的力量，领着河水
从东到西，由南往北
号子，是方向，是力量的油门
敞开灵魂的内心，押运生活
大地抖动，汗水浇注成命运的纤绳
裸露的身影叠印于绝壁
繁衍生息的音符，铿锵如铁
波浪翻滚，送来一个个险滩
闯关，闯鬼门关
闯出铁铮铮的信念

夜色涌动，大地趋于宁静
河面倒映着浣衣女子细细的腰身
纤绳吻过的勒石
有了更为深沉的内心

潮汐滚滚，号子声声
甘洌的烧酒，抚平勒痕
抚平历史的疼痛
白帆弓着山岚，残阳引着流水
渐渐消失在历史的眼眸

花之夏（外一首）

彭杰

最先从走廊涌来的是潮水的止息
海藻星形的掌纹，与白日昏暗的口吻。
小技巧掺杂有恍惚，微皱的指关节
如果突兀是附身的鳞片
浸过帘幕层叠的纹饰，
直抵近似洞穴的鸣叫深处。

那就继续抱着胸，风景素描占有的半截火车出现前
花的唇部都会吮吸海岸。旧帆布分裂的焦灼感

复印风声，就把柜子敞开，缝纫机上有

弹性的起伏。一场雨有一个下午那么长
后来的每个下午都是那场雨

这是母亲的约定。她坐在椅子上
也许是在等待服用冰？有人在对面坐下
缎纹布、顶针、即将充满夜晚的火机
窗帘上的摇曳仍在积累，没有谁是突兀的
那百合的花蕊还剪不剪
她的眼睛是一把绿皮剪刀。

[近似风景的房间]

水珠滑落下窗台，像有个人
坐着听了很久。盆景帘上液态的琐碎
他心中的潮汐。船只陌生的美德
嗅着波光处，月色中溢出的缓慢

昨日难否的弥散。
他耳边的瀑布
声音的翅翼收拢，一次扇动
就抖落满身清脆的暗。

有别于鲸影的暗涌
树木危离，扇出橘光
鸽群衔着松针，灰色的喙
如果掠过建筑的表层

会成为细雨膨开的裂隙
更多时候，蜡蝉的潮水
低沉下去，就等待它们醒来
蓬勃出满树昏暗的火星。

无数的我（外一首）

王向威

他回来过吗？早上出门，晚上
开门进屋，一切还是原先的样子。

好像还没有睡醒似的。

在同一家早餐店匆匆吃了点东西，到
公交站点，这之前，他同样一次次乘车离开。

却没有离开得更远一些。

我始终没有带走不断回来的我，我给他的
衣服、食物和睡眠，变换时间后，又统统还给我。

我被无数的我耦合着。

抵抗他、遗忘他，喝水时喝掉它，难受时呕吐他，
记忆时空拆散的他，寻找他又送别他。

在暗处囚禁我、模仿我。

[雨 中]

雨里面遍布着雨的影子。

天空黑暗，低垂下来，
挤压着远处。

他要从此处走过去。

看上去，街道如时间的皮肤，松弛，满是斑点，
又在雨水的密集、凝聚中，通过脚掌抽打着他。

抵达

适凡

我到宋庄的时候，河面的波光谱成了下午乐章
慢慢西沉的落日已进入宋庄的日程
我像一阵风毫无征兆般到来，到处是没有防备的安静
一个人大量地阅读路旁白杨和它身上的文身
内心惊叹和喜爱风雨或岁月们的绝技或北方风俗
只要向未来走一步，就有另一步成为历史

在村庄路上踏沙而行，像行走在沙漠边缘
脚下风尘仆仆低沉的声音唤醒了一匹马
这马在我的内心深处日行千里，信马由缰
宋庄的屋子是大大小小的绿洲连通暗河
浇灌落日的眼神和花朵的遐思
抵达每一条巷子深处需要把目光的电流一次次放出
就像遍布村庄的柿子树点亮每一个柿子
或麻雀在枝叶间游荡演奏乡村民谣

一只狗趴在阶沿像一条随意停泊的小船
这是我即将必须迈过一条未知的河流
或河中有随时可能醒来咬你的鳄鱼
要收起影子的激动和乌鸦语言带来的潜在威胁
沿着一些落日光斑的边缘踏上台阶进入秋天的屋内

阳光被屋顶的琉璃瓦像披萨一样切开散落一些北方的面孔
满屋的书本和字画像是一些盆栽绿植充满色彩和香味
而屋内那些真正的绿植正捧着阳光和假山唱出精致的水声
如剧场的戏剧表演，一些摆件煮酒论英雄
桌上的酒杯必定有一次出将入相的经历
这是我第一次抵达宋庄，用一种江南的我的方式

实验经纬

Experimental Poetry

【编者语】

本期两位诗人一南一北，各属70后与60后，均倾向于日常性的拓宽改造，围绕“时间”这一线索，立足于“从生活中来”，更着力于如何“到生活中去”，各具特色。

赵卫峰似乎更在意于“形式”建设，这是一种障眼法？他其实在让形式与内容同一，在尽量让阅读、经历、经验等浓缩于特定形式，这会让“语言信息”相对密集；为此他在探索着，让不像诗的东西像诗，让与诗无关的物事通过语言而重新有了关系，或说他在尝试如何让一首诗的——题、字、词、句、段和整体都拥有尽可能的信息量。这样会很难也容易产生破坏、滞涩或反作用，但值得尝试，即便这会阻碍作者的产量和接受度。赵卫峰一直实践着“复合抒情”，他的语言是芜杂的，口语、书面语同步，古诗、流行歌词、网络语均可挪用，这种混凝情理兼容，多种手法兼容，有利于连接现时、环境、生命。从中，可见作者对记忆的深度追踪和诘问，对时间的理解与重现。

从生理年龄或写作时间说，殷龙龙都是一位老诗人。其诗却无老相反倒是热情蓬勃的激情跃然，体现出想象力的旺盛、技巧的不落俗套及娴熟。这些个人特质得以实现的基础是观念的更新与创新。这应是殷龙龙最可赞之处。就其诗来说，它们是跨年龄跨性别的，从语言的整合到情感的多样表达，他一直求变，多变，并有着相当的诗与思的整合能力。殷龙龙是从容的，更多兼容，貌似随心所欲，实则匠心独运；他是智性的旁观者，凭空选择着指挥着字、词、句，在调侃与豁达之间进退自然，在狷然与自律之间收放自如。

时光，你好（组诗）

赵卫峰

[似乎没有什么问题的黄昏]

如果不出意外，守时的群众在晚饭
在家，在餐厅，人满为患的
车站，天堂门前的摊点与医院
如果今天还有皇帝，如果不出意外
他也正在宫里用膳

同属于一个身体，嘴忙，和腿不停
二者是否一定有关系？今天晚上
也像昨天晚上，夕阳红，街灯亮
快餐速效，自助自在，简餐的意义
就是说在任何交通工具上咀嚼，都行
但不在路上。在路上通常叫作进食
或者称作充饥

今天晚上，还是层出不穷的建筑
和灯火夹道；欢迎我，所以它们像我
老模老样，看拆迁工地尘土稍息
有星的酒店美味飘逸，如果不出意外
我个人视野里的黄昏没有什么问题

还能有什么问题？今天晚上
也像昨天晚上，车轮依旧，事不关己
老司机的好处是，赴宴归来的小乘客
可以放心，可以想些古怪的问题：
饱腹的中年叔叔凭啥子体现出年轻

[好 吧]

春雨的意图，估计枯木最清楚

春雨的行径并不都顺风顺水

喜欢歌唱的春雨
和爱唱歌的人不一样

春雨一动身就在寻找合适的对象
然后就坠落，就和树叶、石头碰撞

就从理想的屋顶滑下
顺便带动早熟的落花

随波逐流的一幕蘑菇没力气关注
采蘑菇的小姑娘也不知道

那时她在湿漉漉的梦中
后来，她在路上

现在，像春雨中的一滴，她定居
在一首永不可能完成的诗里

[从路灯的角度说]

郊区的晚归如今灯火通明
萤火虫的记录方式，是点到为止
诸如原地不动的林木
各种理由的疾行与散步，贪玩的心
贪污的手

但是人间仍须更多照看。长不大的小孩
随梦弯曲的身影，大同小异的锥子脸
偷懒的癞皮狗的身后，一座假山的好
是腰椎间盘突出

风水互动自然美
不管后来的你怎么定义
它们就是有能力彻夜不眠

不管后来的你怎么不动声色
稳重的建筑总会显得貌似可依
至少，比人可靠

月亮可谓最古老的路灯了
当你出现，它会拥抱，它会记下
却不记忆，也不分析——
为什么你的现身是你的意外
为什么你的意外是你的离开

[时光，你好]

晨练的身影从何而来？健康推动欢愉
让肉体突出，让看客羡慕，一枝一叶
伸出阳台的问候，各就各位的情况
皆属正常，皆属日常，如七八点钟的脸
上班族的微笑与哈欠，再度鲜明的画面
总有重复的根源，车水马龙，各行其道
循环也是必须，能动的事物都自有前途

午后睁开的是些什么花？热闹的地方
众心所向，校园，银行，超市，广场
总有些事物永垂不朽，不能待价而沽
在路上，草以苗条体现自然的韧性
它们手拉手，对残枝枯叶的堕落坦然接受
一如既往，远山仍然，硬邦邦的功夫
近水安逸，软绵绵的弯曲顺乎人意就行

一切终属自然。如梦想总是自由出入
大而空的夜晚，店铺固态，小贩流动
广场舞自在，橡皮筋贪玩，路灯的优势
是宽容，是公开，是提醒，和你有关的
也和我有关，安乐窝外的一切都是未来
是现实：深秋了，多少人闲，多少人忙
多少泥土仍像初湿的春天从容平躺

总有辛苦的人最后到家（组诗）

殷龙龙

[喝 茶]

我以为我能随便跳动
随便和你说话
大地没有障得，语言像一串葡萄
光滑，透，剥开迷宫

随便跳动
随便和你谈论欧洲大师的作品
像电影那样，呼吸着

是的，我赤条条地，用一月的时间呼吸
再用一刻钟形成波浪
瞬间怀孕

南方到处是树，水，蛙，野山菌
神安排，让你推我
百科全书有两个大轮

生出一堆思想
它们挤在阴凉里。寻找着眼睛
我吃力地，吃你的爱
咽下一口井

[二月之夜]

一条江水把惊慌洗净
你准备了房屋、家具、花、被褥和叛逆

锌、钙、铁融入我的血液
疼痛就像纸杯用一次
再用就软了

半个情人夺走一世的爱
人间的旷达多是由误会而来，大地也是
误会装在瓶中，无人享用

敲敲打打的念头
另一个象声词紧跟着一个象声词
我不会变魔术
却听着疾病和荒凉

听街边的葵树，说约会之夜
最好迟到
情诗最好未完成

[矩 阵]

一个古怪的想法软透了

包括它的矩阵。不受美女们影响，进进出出
我们只好孔雀开屏，表达一下
抗议的美！徐徐拉开竹和叶的屏风

岸其实不在岸上
在水中它是一条鱼
挣扎几下

一个星期六的人艰难地回答人们的问题
说话费力，好像老枝条在风中弯着
永远不断
永远逆流而上

晚餐在一座桥上，在罗大佑的歌里
歌声使草坪移动起来。我坐久了，那道彩虹也疼

最后剩下的肯定是桌、椅、碗、筷、服务员
每个人只留意自己是否溺水？竹和叶
似乎有什么密约

[总有辛苦的人最后到家]

你把一篇小说送上了火车
自己在铁轨上跑
失散的亲人三十年后才回到村里
幸好母亲在等
每晚都在等；地球转得慢
隔着大窗户
等你辽阔无边

打开冰箱
恐高的孩子晃荡着小脚丫

每晚，外星生物蹲在窗帘后
听断断续续的拖鞋声
拖着拖鞋，仿佛被人牵
又像主动迎合
你把搭向空中的梯子
换成诗行

小说下了火车，开始定位自己
早年时期的枣
成了晚年的棒槌
我们还有多少想象力跟我们翻脸
想它们如何分开、重聚
小说给人打款
一只爬虫惊异于自己的磅礴
“有你，我不再奔波”

中国诗家访谈

Interview

柏桦 VS 周东升 _

柏桦：从封闭到瞌睡到写作……

柏桦：从封闭到瞌睡到写作……

柏桦 VS 周东升

[寻常少年，并无诗人梦]

周东升：常言童年生活会影响人的一生，我曾看到一篇文章，说您的父母都是老师，从小受到古典文学熏陶，能谈谈您少时的家庭环境吗?

柏桦：我的父母不是老师。父母都在电信局（当时还叫邮电局）工作。我少时的古典文学熏陶来自家里一套小册子类型的藏书，由中华书局 1963 年出版的“古典文学基本知识丛书”以及两本话本小说。为回答你这个问题，我还特别从书架上找出了两本这样的书:《曹师傅子和建安文学》《魏晋南北朝小说》。很可能也来自我的母亲给我讲过的一个古典故事《错斩崔宁》，这个故事直到我五十八岁时，再次出现了，我立即把“错斩崔宁”写入了我的一首诗《鲜宅，1967》：“鲜宅落日，何以思乡；乌边文革，何以人闲；雨中我们错斩了崔宁。”我记得很清楚，我是在一个夏日雨天的黄昏听妈妈讲这个过去的故事的（有关这首诗，我后面还要谈论）。

周东升：过去，邮电系统很吃香，和供销社差不多。那您家是在城镇? 不用像乡下孩子那样割猪草什么的，平时如何玩耍?

柏桦：幼时我与当时城里儿童一样，我们总要养些东西的，譬如我就养过蚕、小鸡、洋虫、热带鱼等。那时，日光灯下的蚕儿胖得发亮乌青，夜半三更，我会记着起床来为蚕子换新鲜的桑叶。我养的小鸡三只，安睡于黑夜楼道里的背篼里。而我最喜欢观看的是玻璃瓶里我养的洋虫，闪烁暗红的洋虫，打通了枣子的隔墙。热带鱼，水中的珠宝，孔雀的彩翼呀！我夏天的至爱。

周东升：许多人回忆旧时光，总说童年是最难忘的。您呢？

柏桦：童年的一切预示了今日。

事情发生在我六岁的一个下午。这天我并没有疯但也并不好玩。我感到我无论如何也玩不掉这个下午，它太长了，太复杂了，也太难了，对一个孤零零的六岁儿童来说，简直无所适从（父母已上班，我被锁于家中，后来我才知道这多么可怕，很可能我的幽闭恐惧症就诞生于此）。儿童只能把握十分钟的事物，玩两分钟的邮票、两分钟的图画、两分钟的金鱼、两分钟的木头手枪，或者一分钟的鞋、一分钟的梳子，而我却要被关在家中，要求把握的是一个活生生的下午。那只能是一个作家专注于事件的描述才能把握的不知不觉流逝的下午，是成人宁静的耐心才能把握的白日梦的下午，是紧张而激动的情人为了黄昏前的约会而精心修饰、反复对镜化妆才能把握的无限幸福的下午。

我的下午——在一间幽闭的房间里——就是一刻不停地挤走时间，就像蜡一刻不停地燃完它最后一滴油。我开始翻箱倒柜，寻找一切可以玩耍的东西。我甚至在一盒色彩各异的扣子里流连了整整一个小时，我反复摇动这个盒子，一遍又一遍静听扣子的清脆声响在我的耳畔。在这之前的两小时，我的确破坏了一把梳子，梳子的三个齿被我打断；破坏了一个方凳，它表面的一个斜角被我用锯子锯出一个小缺口（我又拼命用手把它擦旧，即便父母发现时会产生一个错觉，那是一个老伤口；可我的父母当然知道这是今天下午的一次严重破坏行动，他们怎能原谅我的愚蠢呢？）；破坏了一辆玩具汽车，它已无法启动。

周东升：您的诗歌中经常写到您小学、中学的老师，您在中小学是老师眼中的“好学生”吗？

柏桦：我是一个中等偏下的学生。各方面皆如此。没有任何亮点，几乎可以被同学和老师忽略不计。我在诗歌中写到我的小学，中学等，那是因为隔着一段遥远的距离回忆的缘故。回忆是人之常情也是为人的一种乐趣。

周东升：您说自己“各方面皆中偏下”，但您却是上过大学的，在那个年代其实很不简单。后来还在大学里教书，至今。（每个人的高考也是一部辛酸史……回忆起来或许是甜的？）

柏桦：我高考很顺利。我其实是个小册子考生，后来也是个小册子学者。为什么是小册子呢？解释一下，即我从来不看什么大部头元典著作。只看摘要似的介绍性文字。我觉得这种中国课堂笔记式的文字最容易对付考试。所以我从小到大并不看什么厚书，只看字少、书薄、易记住的小册子。我就靠几本笔记本式的小册子（包括语文、数学、历史、地理、政治、英语），即大概总共加起来就不超过五十页的摘要笔记，考上了大学。后来考研究生，又完全如法炮制，也考上了研究生。考试就是这样，我只要看见一个人在准备考试时要读几十本很厚的书，我就知道这个人不会考试，而且他基本也考不上。

周东升：您小时候想过将来要做一个诗人吗？您是在什么情况下写了您的第一首诗？

柏桦：我小时候没有想过要做一个诗人。成为一个诗人是命中注定的。我第一首诗是读初中时写的，记忆有些模糊了，好像是老师布置的作文，老师说这次作文也可以写诗。我似乎觉得写诗比写作文要简单些或什么其他原因，我就写了一首诗，我依稀记得我好像因为首次分行的激动把这首诗给了我的父亲看，我的父亲当然很不喜欢，说我是乱来……后来我在高中时写过一段时间古诗，写过一首新诗，那是因为读了莱蒙托夫的诗。以及我的高中同学王晓川（他已于今年元旦夜在深圳辞世了），他早于我开始写诗，他喜欢对我朗诵贺敬之的诗……而我真正意义上的第一首诗应该是 1981 年 10 月的一个夜晚。

1981 年 10 月一个晴朗得出奇的夜晚，我独自游荡在校园的林荫道上，来回不安地徘徊的我不知不觉走到一块草坪的中央。

突然一个词跳出来了，“表达”。我前两天读一本英文书时碰见的那个词，它正好是一首英文诗歌的标题；当时我对这个词立刻产生了感应，久久地注视着这个孤零零的单词，竟然忘了读这首诗。此时，耳边又响起了这个词。是什么东西再次触发了它？一个声音在田野深处战栗着不可名状的美之恐怖，那是“蛇缠住青蛙发出的声音”；我还听到不远处水流的声音；清越的风涛吹断一截嫩枝的声音；夜草间蟋蟀和昆虫的低吟。声音在集中、在指出，向耳畔、向气氛传达着意义。我训练了一年的感官熟稔地打开了，仿佛门猛然打开沉入清新的风中，吸纳着南方夜色中的万物—— 一个影子、一朵花、一棵树、一阵风、一段流水、一块石头、一个声音……我无可救药的劳动紧张地展开，追逐着、效忠着一首诗的第一行；神经在激动中由黑变红，又由红变白，渴望着堕入、恍惚、苏醒或完成。当我再次醒来，我已在一座石桥上坐着，水从桥下流过，一段树木带着它枝条的暗影浸在水中。南国秋天的温度柔婉而湿润，语词却在难受中幸福地滚动，从我半昏迷的头脑直到发烫的舌尖，终于串串词语与所有的声音融洽汇合了。我听见自己吐出顺利的第一句：“我要表达一种情绪……”，川流不息的词语按照我的自由意志被编织成一个环境、一个图案、一个梦，舒缓沉郁的激情在自如的韵律中达到最后一个延续的音符，“因为我们不想死去”。仅仅三十分钟，“白色的情绪”让我陷入因首次成功而话别的悲伤（就像我必然作别我痛苦的初来人间的身体并长大成人）；处女的高峰已矗立在我的面前，一首诗发生了，言说了，不属于我了，但也被记住了。我的触角获得了宁静。

[环境与诗歌]

周东升：您大学是在广州外语学院读的。那时的大学生平时比较爱泡图书馆，周末则

爱去看电影、打球、溜冰或校园舞厅跳舞……您喜欢做些什么?

柏桦: 可说的太多了。我只说最重要的一点:瞌睡。与我同宿舍的同学,好长一段时间来,除了上课就比赛睡觉,几乎一天到晚躺在床上,甚至连吃饭都不愿起床。吃完晚饭,你追我赶洗完脚,看谁先躺上床去,先躺上去的颇有一种自豪感,因为他率先反对了“学习”,为此高人一等。压低声带、发出胸音的周海忠最爱睡,一躺上床就叹气,大睁双眼望着天花板,他睡的原因是不能学习数学——他最心爱的功课,命运却偏要他学习英语,结果他一睡却睡成了(多年以后)中山大学数学系的著名教授。爱装怪又无所事事的唐序也在睡,那是因为他日夜单恋一个丰满而矜持的女生,他如今也不知睡到何处去了,或许高年龄已让他睡得不安稳了。李建华,我的挚友,他一半是高才生,一半也大睡特睡,他的睡眠是为了当众表达他的聪明,他现在是北京农业大学优秀教授,他是假睡。另一个假睡者胡威,他一觉醒来就成了祖国的外交官。刘学忠一边拉二胡一边睡,他带给我们的欢乐最大,整个人就是一个喜剧,他睡觉是为了凑热闹。我火热的青春在最需要冲锋陷阵的时刻却偏要无辜地沉沉睡去。

多年以后我还同我的另一个朋友炫耀睡眠,比赛睡眠。

天呀!我还遇到过一位更年轻的睡者,1986年他同一位校园诗人来看我,不到两分钟,他就伏在桌上大睡起来。我很有趣地问过他的情况:他整天呵欠连天,睡眠惺松,他的瞌睡导致一件极其颓废的行为——偷看女厕所,结果被学校处罚、判为留级。而他是一个公认的爱诗歌、心肠好的人,而瞌睡差一点断送了他的前程。

我作了一点瞌睡的调查:中国大学的男生普遍瞌睡。连芒克也写过:“生活真是这样美好,睡觉!”韩东更是从哲理上深思熟虑过瞌睡,他在一首诗《善始善终》中这样写道:“从床上开始的人生/在一张床上结束/尽量长久地待在床上/尽管不一定睡得着……”

当然,瞌睡的故事似乎还可以再往前追溯,那是我在阅读白居易的《秋雨夜眠》时发现的。白居易不仅是他那个时代的杰出文人,也是从古至今整个中国文人中最出名的闲人与“头号快活人”。他在唐代所创造的睡眠及逸乐生活艺术到宋代(尤其是颓废的南宋)可谓获得了至高无上的地位,从皇帝到整个士大夫阶层无不叹服他的生活情调。连宋徽宗也曾手书白居易的诗《偶眠》中如下四句:“放杯书案上,枕臂火炉前。老爱寻思事,慵多取次眠。”而宋孝宗有一次在亲自抄录了白居易的诗《饱食闲坐》后,发出感慨:“白生虽不逢其时,孰知三百余年后,一遇圣明发挥其语,光荣多矣。”的确,白居易的光荣从此以“睡美雨声中”的方式朗照人间,引来无数追随者。仅有宋一代就有邵雍的《小圃睡起》,司马光的《闲居》,苏东坡的“午醉醒来无一事,只将春睡赏春晴”(《春晴》),吴文英也有“半窗掩,日长困生翠睫”,周密更是“习懒成癖”,就连辛弃疾这等英雄人物也如此唱来:“自古高人最可嗟，只因疏懒取名多。”

20 世纪 30 年代的林语堂也大谈睡觉的快乐，他说：“安睡眠床艺术的重要性，能感觉的人至今甚少。这是很令人惊异的。”还有一位早逝的文人叫梁遇春，他当时年纪轻轻就十分懂得睡觉的快乐了，为此还专门写了一篇谈睡觉的长文《春朝一刻值千金》。

关于瞌睡，不仅古今的诗人和作家有过许多奇特的议论，就连科学家和哲学家也对其用心研究，在他们眼中有因感到胆汁旺盛且闷闷不乐的入睡者，有血液中生了黄疸病一到正午便思睡的入睡者，有心怀忧患又觉无聊的入睡者，也有耽于幻想并深感性压抑的入睡者。瞌睡的确给这些形形色色的人带去各式各样的快乐。而我以为，瞌睡与热有关，热乃性之催化剂，嗜睡者即享乐者；相反，失眠与冷有关，冷乃风雅之境，失眠者因此堪称雅士。

而我当时就是在瞌睡中整整昏迷了一年，几乎目不识丁，却享受着睡眠的自由和真理，直到 1979 或 1980 年波德莱尔以他著名的夜晚、著名的《露台》将我从梦中唤醒，我从此背叛了瞌睡，开始远离了这个沉睡组织，当我的诗瘾越来越大，瞌睡也就越来越小了。

周东升：在广东读大学时，您曾疯狂阅读、抄写西方现代诗人的作品，您都读了哪些诗人呢？

柏桦：我读的诗人很多，这个问题我已说过多次。这个诗人名单会很长，从最初的波德莱尔到当时最新潮的拉金，我都狂热地读过。

就像一块石头击向平静的湖水，涟漪一圈一圈在扩大，那涟漪的中心是象征主义，第一圈涟漪是超现实主义，第二圈是意象派，第三圈是自白派，第四圈是运动派，第五圈是垮掉派，第六圈……第七圈……一石激起千层浪，我开始换着口味吸着一个又一个诗人的“血”：肉感的诗、抽象的诗、光明的诗、黑暗的诗、幸福的诗、疼痛的诗、闲谈的诗、雄辩的诗、良心的诗、智慧的诗、装怪的诗、赤裸的诗，甚至无意义的胡话诗。“歌唱心灵与官能的狂热”仍是我早期诗歌的第一声部，它解放了我，并让我获得（或体验到）一种前所未有的道德的胜利。当然，也有王德威所说的抒情的胜利：“所谓抒情，指的是个人主体性的发现和解放的欲望。”（季进：《抒情传统与中国现代性》，《书城》2008 年第六期）

我们总是不断地走出去，走向幽暗而可怕的山谷，倒在草地上，卧在花丛里……我在阅读着里尔克，在 1981 年春天的一个正午，在校园窸窸作响的草地中央，我晒着太阳吟咏“秋日”和一只“豹”，想象着秋日余晖下一座巴黎的暗淡公园的深处，那里有一对孤寂的闪烁着秋凉的豹眼。他是继波德莱尔之后第一位走进我心灵的德语诗人，一位神性与女性的贴切呢喃者，一位在俄罗斯一个暮春的晚间倾听一匹白马迎向他的时间沉醉者，一位我不敢置一词的歌者。我抄下他的诗，并继续抄下波德莱尔、魏尔伦、兰波的诗，抄下北岛的《回答》《雨夜》《黄昏·丁家滩》《习惯》……

一天我在教师阅览室发现了一本菲利

普·拉金主编的《牛津二十世纪英诗选》，发现了拉金的其他个人诗集。拉金引起我奇怪的注意，对于正迷醉于象征主义、超现实主义的我来说，拉金的诗显然是不适合我的，而我却情不自禁地抄录了他大量的诗歌。其中有他第一首深深触动我的“Coming”，此诗写于1950年2月25日，后来收入他1955年由马维尔出版社出版的个人诗集《较少受骗者》。这首诗的结尾几行准确地唤起我的同感，我过目不忘，至今仍记忆犹新。

周东升：您在重庆、广州、南京、成都四个城市都生活过，每个地方都留下了经典诗篇，您更喜欢哪个城市？如果说地理环境会影响写作，您觉得这四个城市对您有怎样的影响呢？

柏桦：我诗人的基因来自重庆，我感谢重庆使我成为一名诗人。广州，是我初写诗，即写出《表达》的城市，这是难忘的经历。南京，让我的诗成熟了，最重要的是我初识了江南山水。成都，我写这个城市的诗最少，但它是我迄今为止最乐于居住的中国城市。在此，我专门谈谈重庆是怎样影响我写诗的：

每当有人问我，一首诗是怎样写出来的？我都会立即想到两点（当然不止这两点）：即一个诗人的感受能力和表述能力。因为我们常常有这样的经验，我们可能感受到了，但说不出来；可能说出来了，但离感受的精确度还有距离。好诗人无一不是对生活——乃至生命——有着独特感受并且表述极其到位的人。话又说回来，这两种能力（感受能力和表述能力）也并非神秘莫测，只要一个人有一定的“感时伤怀”的禀赋，都可以通过训练而达到。训练从观察开始。下面就来看看我小时候对我住家周围环境是如何观察，如何感受并且如何在经历了漫长岁月的反复回忆后终于写出一首诗歌的。

我的童年和少年记忆总是和一所住宅（叫庄园似乎也可以）——鲜宅——联系在一起的。

我上小学一年级至三年级时，常去鲜宅做功课、玩耍，因为它的小主人，鲜述东是我的小学同班同学。

鲜宅俯瞰嘉陵江。它的黑漆大门早已剥落，门总是静静地关着，仿佛里面安息着什么古老的灵魂。

“文化大革命”初始，鲜家的人全被赶走了，家也被抄了。一个夏日黄昏，吃完晚饭后，我和一大群孩子坐在鲜宅的大草坪上，一个老者开讲故事，我听的第一个故事：《欧阳海之歌》。

漫长的“欧阳海之歌”戛然而止。新的故事开始了。那时听得最多，记得最深的就是百听不厌的恐怖故事《一双绣花鞋》。

这“一双绣花鞋”开始的场景多像鲜宅啊！我十八年后，即到了1984年，终于在一首诗《悬崖》里得以再现，诗中的阁楼正是鲜宅的场景和氛围……

正是上面这篇散文，在我的记忆里多次发酵后，诗意逐渐清晰地出现了，最初我写成了好几首短诗，然后等待另一个时机，我再把这几首诗合拢成了一首诗。

童年，我只记得听过两个故事，第一个是母亲在一个夏日雨天的黄昏给我讲的《错斩崔宁》，第二个是在鲜宅的草地上听一个老者讲的《欧阳海之歌》。

周东升：许多人认为，写作是中产阶级的事业！但成大著大名的，身前却生活艰难……您如何看待写作与生活的关系呢？

柏桦：有怎样的生活就有怎样的写作，这是一条放之四海而皆准的真理。每一个写作者都不会例外。至于那些生活艰难的写诗人，我想到了欧阳修提出的一种文学主张——出自《梅圣俞诗集序》——“盖世所传诗者，多出于古穷人之辞也。凡士之蕴其所有，而不得施于世者，多喜自放于山巅水涯，外见虫鱼草木、风云鸟兽之状类，往往探其奇怪；内有忧思感愤之郁积，其兴于怨刺，以道羁臣寡妇之所叹，而写人情之难言；盖愈穷则愈工。然则非诗之能穷人，殆穷者而后工也”。

周东升：您不时去国外生活旅行、小住……可以聊聊吗？国内前辈级诗人大多有国外生活的经历，这对写作或生命本身有潜在的“滋养”么？

柏桦：我在国外的几次短暂的生活都写入我后来的诗歌中了。2019 年第 4 期发表在《山花》杂志上的组诗《双城记》，就写了我曾经在德国柏林的生活，以及对巴黎的两次游历。我对国外的最初印象是 1997 年秋去德国，一下飞机走出机场，我就感到空气清新，呼吸顺畅。这如此好的空气使我终生铭记，却很难表达。

接下来，我记得我最危险的一次“下午”综合征发作是在 1997 年 10 月东柏林的 Pankow，柏林文学馆三楼一个房间，下午至黄昏时分，真的，我趴在床边，大口喘气……总算又挺过去了，六秒钟！否则我就会立刻发疯。为什么会这样呢？是因为封闭吗？寂寞吗？不，我真的不知道。这件事迄今为止，对我也是一个谜。

周东升：您教授海外汉学课，和不少汉学家都很熟，可以谈谈新诗在海外汉学研究中的情况吗？

柏桦：首先还是要感谢汉学家的翻译介绍，这让西方相关研究者和读者大致了解了中国新诗的状况。他们研究新诗或说阅读新诗，其实就是从“状况”入手的，中国新诗对西方人来说，那不是艺术研究，是泛社会文化和政治研究，是需要了解的中国总体状况的一个部分而已。他们的汉学研究认为：中国诗歌艺术在古诗。新诗毫无艺术可言。

[诗。诗。诗。]

周东升：你写一首诗或修改一首诗，通常会考虑哪些因素？

柏桦：通常只会考虑一首诗的完整，思路要绝对清晰。说来也是奇怪，我早期写的诗很少修改，都是一稿定成败。如《表达》就是一口气写出来的，几乎未改一字。年轻时，因为没有反反复复修改诗的习惯，现在回过头来看，的确有许多诗有问题。

周东升：您如何判断一种写作是成熟的、优秀的？

柏桦：声音独特，风格明确，鲜明的文体。早期中期都有代表作，既稳定又有变化。

周东升：您曾经专门谈过诗歌语言问题，和现代诗人使用的语言相比，您觉得当下的汉语更具有表现力吗？

柏桦：套用一句话：一个时代有一个时代的文学，一个时代也有一个时代的语言。由于年代隔得愈久远，人愈会觉得老东西更有吸引力，这也正是文学和诗歌要隔着一段时间距离来打量会更能看清楚它好坏一样。

在我以前的好几次访谈中，我说过这样的话："现代汉诗应从文言文、白话文（包括日常口语）、翻译文体（包括外来词汇）这三方面获取不同的营养资源。文言文经典，白话文，翻译文体，三者不可或缺，这三种东西要糅为一种。"三十年前我曾讲过一首好诗应有30%的独创性，70%的传统。后来我又作了一个补充，一首好诗应有40%的独创性，60%的传统。作这个补充是因为考虑到现代汉诗已有了近百年的传统这一事实。再后来，也就是2006年3月底，我在复旦大学中文系作了一个关于现代汉诗的演讲。其中我讲了，新诗的问题说穿了就是一个语言学问题。这个问题牵涉到目前有关现代性问题和中华性问题的争论。为此，我斗胆地给出了一个现代汉语诗歌语言的比例：其比例应是文言文占35%，白话文（包括日常口语）占45%，翻译文体（包括外来词汇）占20%。既然现代性已经在中国发生了，我们不可能回到古典了，我们也不可能用古文来书写了，我们只能用白话文来书写。

这一点没有办法，当年的很多实验有些被压抑下去了，有些被开发出来了。改革开放，西方文艺的涌入是伴随着翻译文体的进入，这些实际上都成为我们临时的可启动的写作资源，这种资源也不可能完全放弃。我们说的白话文，除白话书面语外，还牵涉到日常口语，这是一个非常棘手的问题。日常口语是写作中最有生机活力的部分。但在中国诗歌写作当中，又是最困难的，非常困难，为什么困难呢，我们的文字不是西方文字，西方文字跟着声音在走，话同音；我们是跟着文字走，书同文。现在有人提倡口语诗，我认为真正意义上的口语诗，好的口语诗应该是方言诗。这一点，以前的学者诗人做过努力，包括新月派。新月派诗人是非常资产阶级化的，非常布尔乔亚的，都是留洋的，都是教授，他们写过很多口语诗，方言诗。后来我发现今天北大也有一个教授做着这样的口语诗实验，他叫胡续冬。

周东升：一位优秀诗人总能发明一种声音，一种独特的诗歌言说方式。每种声音都构成汉语的一个维度，声音类型越多，汉语也就越丰富，越具有表现力。这也是您常谈的话题，您觉得当代诗中都有哪些独特的声音呢？

柏桦：独特声音还是很多的，最早的非非诗人杨黎，莽汉诗人李亚伟，他们诗人韩东、于坚，上海诗人王寅、陈东东、陆忆敏……后来的杨键、臧棣、尹丽川……另外，我对用方言写诗有浓烈的兴味。可惜在这方面实验的诗人太少了。在我的视野里，只有一个北京大学的副教授，诗人胡续冬在做这个最具先锋的实验。

很多人研究新诗，却忽略了新月派的诗人居然做过这种方言诗（即口语诗）实验，我吃了一惊（颜同林博士做过这方面的开拓性研究）。这些人都是当年真正的大学者，却用了很多纯正的方言来写作，实验出了一批可观的口语诗。比如在徐志摩诗歌中，他就曾大量运用过他的家乡话（海宁硖石方言）来写作。他的这类诗大致可以看懂，比如说在这首诗《一条金色的光痕》中开篇写道："得罪那，问声点看"，"得罪那"还听得懂，"问声点看"，就勉强知道是问一问的意思。现在抄来这首诗的第一段：

得罪那，问声点看，
我要来求见徐家格位太太，有点事体……
认真则，格位就是太太，真是老太婆哩，
眼睛赤花，连太太都勿认得哩！
是欧，太太，今朝特为打乡下来欧，
乌青青就出门；田里西北风度来野欧，是欧，
太太，为点事体要来求求太太呀！

解释一下：格位是这位，事体是事情，欧是语助词，乌青青是破晓，度是大的意思。还用说吗，就是以今日的眼光看，这也是非常先锋的写作了。徐志摩以硖石土白破了书同文的格局，而让新诗走向了话同音（语音中心主义的味道）——纯口语。反观现在的所谓口语写作，一般是以主题与观念的大胆胜，真正的口语写作，即方言写作还没有成规模的出现。

再说一个叫蹇先艾的贵州诗人，他用贵州遵义方言写诗，贵州遵义方言其实就是四川话。蹇先艾的诗歌《回去》，"哥哥：走，收拾铺盖赶紧回去"这是第一行，"乱糟糟的年生做人太难"，"年生"四川人才懂，上海人也好，广东人也好，看不懂的，什么是"年生"？他们就不知道了。第三句"想计设方跑起来搞些啥子"，我就有过这种情况，当我写"搞些啥子"时，我就会自动地翻译成"搞些什么"。所以说这个里面的问题（指方言转换成普通话的问题）很大。接下来一句："哥哥，你麻利点"，"麻利点"这个人家也不懂得，包括后面的"这一扒拉整得来多惨道"，"这一扒拉"必然使其他方言区的人困惑，"男人们精打光的呲牙瓣齿"。这个在理解上还好点。包括闻一多的《飞毛腿》，闻一多用北京土话写的。

从以上总总，可见当时高雅的新月诗人们的确不简单，各自用方言做过很多实验。如今我仅发现一个北京大学的博士现在已经留校了，北京大学外语学院副教授胡续冬，四川人，他写了很多四川方言诗，写得非常棒，极有意思，尤其是他那首《太太留客》。而现在很多诗人根本不敢用方言写诗，头上总潜在的悬着一把"普通话"的剑，虽然他们口头上反普通话写作，而实际上却是完全的普通话写作，因为"尤其是新中国成立后，在普通话写作占绝对主导地位的语境中，（他们）认为普通话写作是正宗……至于它好在哪里，有没有弊病，则很少深加思索"（颜

同林），他们其实内心怀有一种方言的自卑情结，而绝非认识到这个世界上一切伟大的诗歌与文学都是方言所写。

周东升：在您的写作生涯中，对您影响最大的人是谁（哪些）呢？

柏桦：我想起两句成语：因地制宜，见机行事。我从开始写诗到今天，我一直在受影响，只是影响我的人在不断地变，从最初的古诗到毛泽东诗词，到莱蒙托夫到波德莱尔到后来的赫塔·米勒以及胡兰成……我到六十三岁了，还在时时刻刻寻找任何一个可能影响我的人。

[写作者玩弄一套变形记]

周东升：您的诗歌大量写到酒，比如："酒呈现出殷红的李白""下午你睡得很稳 / 脾气也成了酒""遥远的清朗的男子 / 在 977 年一个细瘦的秋天 / 装满表达和酒""我指甲上的幽魂，攀登的器官 / 在酒中成长""酒杯里发出血的歌唱啊 / 酒杯里荡起自由的亡灵""酒要热饮，诗需冷吟"……您曾经说过："酒是在诗歌中真正帮助过我的因素之一。"抽烟喝酒的人戒烟戒酒，可以说是人生大事，这样的变化对您的写作有影响吗？

柏桦：我为何说"酒是在诗歌中真正帮助过我的因素之一"，我想那一定是因为我年轻时在喝醉了的情况下写出过两首特别的诗《美人》和《琼斯敦》。尤其是写《琼斯敦》时，我是在另一个喝酒人戴小羚在场的情况下，一口气写出来的。年轻时喜欢炫耀，就是要让人看到我一挥而就，当场写完一首诗。不仅是诗，连写文章也是如此，我三十二岁在北京时，一次在戴定南家里，玩边喝酒边写文章的游戏，一口气写出了那篇谈陆忆敏的很感性的文章。这让戴定南当场大为吃惊。

我六十岁之后戒烟戒酒，我感到这对我写诗没有丝毫影响。

周东升：在您最近的诗歌里，反复出现了一个新形象："妈妈"，虽然我常常读到有关母亲的诗，但还是对您的这个新发明感到惊奇，竟然像第一次认识这个词，第一次听到这个声音，您可以谈谈这个形象吗？

柏桦：这又是一个很难让写作者（即当事人）来谈论的题目。"妈妈"因为一首诗主题的缘故，也因为一首诗声音的缘故，被我反复书写了。它的潜意识指向什么？指向哪里？这是一个谜，是因为歌德说的"永恒的女性引领我们上升"吗？！妈妈这一形象太丰富了，可有些妈妈像婆婆，有些妈妈像少女，真是神秘莫测的妈妈呀。

周东升："死亡"是您诗歌的一个重要主题，可以谈谈您对"诗歌－死亡"的看法吗？

柏桦：这是一个很难的话题。大话题。还是回到我诗观形成的源头吧：就在那一夜（即我最初阅读梁宗岱教授文章的那一夜，相关情形见我的文章《诗人梁宗岱》），我第一句诗观得以形成："人生来就抱有一个单纯的抗拒死亡的愿望，我也许正因为这种强烈的愿望才诞生了诗歌。"有关此点，我后来也多次提及。记得在我的一次演讲中，我又说到了文学与失望的关系（见我的文章《现代汉诗的现代性、民族性和语言问题》）：

我也有这样一个观点，如果人不死就没有文学了，因为人终归一死，所以才有了文学。说到这里，又想到了日本人，日本人就特别喜欢惋惜时光，日本人每到看樱花的时候，几乎都是举国出动，花开花谢，一期一会，确是“良辰美景奈何天”，包括日本人对事物细节的完美追求，对风景的感怀，对光阴流失的轻叹，很多都是从白居易那里学来的。

周东升：和早期的写作相比，您现在的写作更多地受到阅读的激发，呈现出鲜明的互文性特征，阅读难度也因之加大，没有广泛的涉猎，那些引文就令人望而却步了。尤其是您对文字奇异的感受力，常常使得您引用的作家很陌生。您诗中的契诃夫、芥川、张爱玲、曼德尔施塔姆、纳博科夫、赫塔·米勒等，和我们日常阅读中的这些作家几乎不是一个人。这是刻意而为呢，还是你的美学观的结果？

柏桦：正因为如此，我会为读者着想，要给出一些注释，让读者进入诗歌时有一个门路。

你后面所说，我也不是很清楚。刻意为之其实就是强调其中一点，或攻其一点不及其余。写作其实就是一个写者玩弄他那一套写作术，他那一套变形记。

周东升：比如说，很多人盛赞张爱玲的《金锁记》，你独喜欢《异乡记》，很多人喜欢芥川的《罗生门》、纳博科夫的《洛丽塔》，你也几乎不提。所以，您的诗歌虽然征引了大家熟悉的作家，却又令人生疏。

柏桦：那是一个读者的偏爱，也是我作为一个写作者的偏爱。我倒没有故意不喜欢《金锁记》，《金锁记》是因评论家吹捧，大众跟风才喜欢的作品。我通读过张爱玲的全部书，唯独《异乡记》把我彻底击中，《异乡记》对我的震撼，老实说，至今都没有让我完全回过神来，我已读了七遍了。而一本书我从不读两遍。

周东升：除了文学，您对音乐、电影、绘画感兴趣吗？有哪些作品您记忆深刻，或有哪些作品影响（或启动、或进入）了您的诗歌？

柏桦：是的。电影启动了我去写一首诗。透露一个秘密吧，从未说过，这是第一次说（以前不说是因为害怕别人说我幼稚），1981年秋天，我在广州外语学院的一个夜晚，当我看完一部根据鲁迅小说《伤逝》改编的电影后，我突然很想写一首诗，而很快我就一口气写出了《表达》，几乎一字未改，也算一个奇迹。

另一次，2010年10月5日，我在《礼物》这首诗的第一节，就直接把塔可夫斯基的电影《镜子》中的一段画面写入了诗中。

[反面教材。知音传统。未来]

周东升：20世纪90年代，您突然封笔。外界看来，您的那几年是沉寂、冷却的，那期间您的关注点在哪里？在做些什么？

柏桦：回想起来，我五十岁之前的生活都是虚掷和浪费的。除了写了一点诗（考虑到我早年写得那么少，只有八十多首），就是谋生，过一天算一天。

周东升：自2010年复出诗坛以来，您的写作一直处于爆发状态，至今应该写有几千首了吧？而整个80年代您才写了百余首，从旁观者的角度看，这样的速度很惊人。您自己怎么看呢？

柏桦：我现在回过头来看，才发现我的许多诗其实都是草稿，但我却急着想发表它们。已经后悔莫及了！只举一个例子：如下这首诗可看作泥古不化的反面教材，现从我诗集中移除，放在这里，做一个自我批判的纪念：

秋变与春乐

一、发生秋风，云卷归心，纸矮斜行……风雨乱，鱼目乱，牛尾乌云乱……七十二变太少，“何方可化身千亿”？分分秒秒里，人在伦敦，人在沧州。

二、去问吴锡畴，且将春句送春工；去问陈师道，轻衫当户晚风长；吴天越地，烟直作树，桥弯趁水；那懂得邂逅的人呢，才懂得行乐。（写于2014年9月21日）

通过这首诗，我得到了一个教训：一首诗的好坏常常很难马上看出来，至少要等到五年之后，才会被发现。换句话说，一首五年前写的诗，你当时觉得好，如果五年后再审视，你仍然觉得好，那这首诗才是真的好。

周东升：您有很多诗人朋友，有不少朋友曾经是，或现在仍然是您的诗歌知音，他们对您的写作有帮助吗？就写作而言，你怎么看“知音传统”？

柏桦：这是一个张枣生前念兹在兹诗学论述。我曾经受益于这个“知音传统”。这对我的写作是有帮助的。我曾在文章里说过：

张枣就彻底改动过我《名字》一诗的最后一节，而且为我一首非常神秘的诗取了一个相当精确完美的名字《白头巾》。欧阳江河改动过我《黄昏》第二节及《在清朝》第一节第二行一个十分重要的词，我原诗为“安闲的理想越来越深”，他改为“安闲和理想越来越深”，把“安闲”变为名词来用，与后面的名词“理想”作一个并置，这简直是脱胎换骨手段，妙不可言。付维也改动过《在清朝》其中一行，我原诗为“夜读太史公，清晨捕鱼”，他改为“夜读太史公，清晨扫地”，注意到意象的趋近而不是意象的分离；他还改动过《望气的人》中一个突破全诗意义的词汇，我本来是“一个干枯的道士沉默”，他试探着问我：“道士改为导师可能会好些吧。”他话音刚落，我即醒悟过来，当场就确定用“导师”换掉“道士”。

周东升：听说您最近要出一部书，叫《致张枣》，能否介绍一下？

柏桦：这本书分为三个部分，第一部分是一篇纪念张枣的长篇文章；第二部分是我写下的点点滴滴的片段，其中有随笔片段也有诗片段；第三部分是我选了 48 首诗来纪念张枣。“48”正好是张枣逝世的年龄。但再后来，在你的提议下，我又做了调整，只选定了 41 首与张枣完全有关的诗来纪念张枣，放弃了硬凑“48”这个数字。

周东升：我在与外界的日常交流中，偶尔会听到您的早期诗歌爱好者抱怨您现在写的诗变了，没有以前好了，您怎么看？

柏桦：我觉得我早期的诗最多只有十多首不错，大部分都很粗糙，而且思绪有些混乱。至于读者认为我的诗今不如昔，这也是一个写诗者普遍的命运，并非我一个。譬如北岛，人们巴不得他就停留在“回答”时期，他更不能变，一变读者认不出来了，当然就不乐意了。这几天读到奥登一段话颇有感触：“对于诗人而言，最痛苦的经验是，发现自己的一首诗受公众追捧，被选入选集，然而他清楚这是一首赝品。”（奥登《染匠之手》，上海译文出版社，2018，第二十六页）譬如戴望舒就最不喜欢他早年写的《雨巷》。

周东升：20 世纪 90 年代，您突然封笔，令人不知所以，2010 年前后，您的诗歌激情又突然爆发，又令人十分震惊。现在您的写作又持续十年了，可以谈谈未来的打算吗？

柏桦：未来，当然会越写越少，那是由于生命的曲线之故，须知我已是一个六十三岁的老人了。但我会越来越反反复复永不停步地修改我的诗，并享受每天修改诗歌的乐趣。因为有几千首诗（近一万首）在等着我去修改呀。

子美逸风

Traditional Poetry

崔杏花 _ 崔杏花词选

杜　均 _ 杜均诗选

李松锜 _ 祭祀诗

崔杏花词选

崔杏花

[卜算子 • 初夏游道林古镇]

踏尽一湖风，来觅欣欣绿。晴染波光柳钓云，云水遥相逐。
穿径小荷圆，转去渔家屋。渐有悠闲种上心，一似庭边竹。

[踏莎行 • 游濯水古镇]

吊脚楼高，阿蓬水软。春风影里初相见。廊桥一卧已成诗，人间风雨都驱散。
画里青山，云边紫燕。何时遗我多情卷。此来竟似少年心，无端生得深深羡。

[清平乐 • 过蒲花暗河]

几时穿越。来这通仙穴。壁立巉岩谁所设。似被天风吹裂。　　幽泉石上潺湲，
听来若在深渊。转过三桥天眼，倏然回到人间。

[清平乐]

峭寒之外。犹有春相待。落尽梅花清气在。何必回眸敛黛。　　流光淡去无痕。
为谁笑里生温。山水一川明媚，东风绿上罗裙。

[木兰花]

菜花满地溪山绿。三月江南春一轴。无端惹尽燕莺痴，雨后晴柔微可触。
流光冉冉如翻读。不向眉间轻易蹙。一生冷暖近谁边，淡淡红尘心已足。

[苏幕遮]

笑桃腮，舒柳眼。燕子归来，亦道东风软。久立晴柔心渐暖，碧草如茵，好共春来剪。
对流年，成婉娩。颊上嫣然，不似曾经浅。人在花前花莫管，自有清香，留待相思满。

杜均诗选

杜均

[凤凰花]

香风轻苒苒，锦帐鼓蓬蓬。
地献千团火，天增一段虹。
狂心如有待，芳意定相通。
谁料百花后，春深五彩中。

[刺桐花]

瑞木能堆锦，春来绛气冲。
轻寒迎晓日，新绿衬肥红。
树有炎炎势，枝生赫赫功。
晴光催更阔，恍入祝融宫。

[木棉花]

南国多嘉木，朱华气自雄。
不须根择地，一任力排空。
枝干栖丹凤，江山舞烛龙。
凛然迎海日，卓卓鉴孤忠。

[初入临邛]

一番春有信，百里路无妨。
草木盈花气，衣襟带酒香。
当垆谁缱绻，作赋我猖狂。
故友频邀醉，高歌几欲扬。

[游兴隆湖]

小隐爱大观，我来忽开霁。
沉浮水一沤，颇有沧溟势。
烟波荡不穷，渺渺若无际。
万象填此湖，乾坤犹凝滞。
遥想掣鲸鲲，吹浪沸难制。
扶摇上云天，俯视江山细。
泠然爽籁发，慰以暂时憩。
寄身如一粟，神游已超诣。

祭祀诗

李松筠

[清明祭姑母]

一

九十九岁飞天去，一世禅心草木间。
尘世孙辈思祖母，仰望峨眉白云边。

二

清明独坐江边冷，思念慈颜泪满襟。
峨眉不是埋愁地，万点雪梅赤子心。

注：姑母熊子宁，文殊院居士。享年99岁，安葬于峨眉山。

[清明祭双亲]

寂寞空庭对清溪，溪水东流心念悽。
思亲北望冰城远，游子南来蜀川栖。
松江冬尽仍堆雪，锦城春老花满溪。
落红三月飞如雨，心香一瓣入春泥。
白发清明无祭处，断肠忍听子规啼。

注：父母安葬在松花江畔陵园已三十余年，从未去祭祀过。

[清明祭先君]

一

大朗陵园柳色新，春花粉蝶绕墓门。
江天数滴思亲泪，能否飞湿里边人。

二

一到陵园爱转沉，别后已是两度春。
红黄蓝白花如锦，男女老少皆幽邻。
漫漫青芒迷芳径，点点珠泪祭先君。
人生后院能如此，幸有儿女尽孝心。

草堂诗歌奖
2019 第二届草堂诗歌奖
2019第二届
2019第二

二届草堂诗歌奖
The CaoTang Poetry Award
2019第二届

致敬中国的诗歌精神

中国作协书记处书记，作家、诗人 邱华栋

今天是一个充满了诗意的日子，阳光明媚，群贤毕至。新老朋友相聚在这个地方，来共享文学的这美丽的时刻，她的光荣。

中国的诗歌传统非常悠久，从诗经开始，从楚辞开始，已经有两千多年的历史。中国文学的最高成就，就在诗歌。孔子讲过，诗可以兴、观、群、怨，指的是诗可以教化人心，赋予我们对于这个世界审美上的打量，也可以了解社会，表达对社会的各种各样的感受。所以诗歌的力量，句子很短，但是内蕴极其丰厚。

在草堂，我们要讲到杜甫。韩愈有句诗：李杜文章在，光焰万丈长。我们可以想象一下，中国文化史上，如果没有李白没有杜甫，这两个跟四川关系这么近的两个伟大的诗人，中国文化的骄傲可能都少一半。如今在西方世界，他们对中国诗歌的认知，很大一部分是通过杜甫、李白。提到杜甫、李白，不少人的阅读和认知度，就跟我们阅读和认识莎士比亚差不多。那么今天在草堂这样的一个地方，颁发这个奖，也是给我们伟大的文学传统、给中国的人文精神、诗歌精神致敬。

在任何一个国家或者民族中，母语是每个人都在用的。诗歌刚好是母语的精华。母语的精华经过提炼以后，又被诗歌赋予意义和旋律。对母语

进行高度的概括和浓缩还有美感，就是诗歌。年轻人一代代喜欢诗歌，是很自然的。

不管是汉语新诗，还是古典诗词，都是诗意的语言形式。优秀的汉语新诗往往更是深深植根于古典诗词的深厚土壤之中。如今传统文化热，但要从古典诗词中高效获取营养，也并不是容易的事情。

在当下的中国社会，随着经济物质保障的提升，人们也越来越意识到，诗意正成为生命的刚需。欣赏诗意，创造诗意，也成为很多人的生活方式。试图诗意地表达，是人的天性。但从古到今，写诗的人太多了，伟大的作品太多。要想当一个大诗人，就得努力跟历史上以及同代名作抗衡。

《草堂》诗刊创办仅仅三年，这些年在成都市委的大力支持下，成为中国当代最重要的文学刊物之一。草堂诗歌奖今天颁发第二届，也会成为当代文学的一个重要现象。

整个四川是个盆地，但实际上，四川文学一直是中国文学高原的重要组成部分，那么成都市又是整个四川的文学高原的一片高地。所以今天颁发第二届草堂诗歌奖，一定会促进成都文学、四川文学的蓬勃发展。

成都自古以来就是诗歌之都

——在第二届草堂诗歌奖颁奖典礼上的致辞

中共成都市委常委、宣传部部长 田蓉

春意盎然，群贤毕至，共享成都的诗意春天！

文化，是成都最厚重的城市底色，最骄傲的城市荣光。成都历史悠久、文化灿烂，是中国首批历史文化名城和中国十大古都，拥有 4500 年城市文明史，2300 年建城史，千年城址不迁、城名未改，孕育出“创新创造、优雅时尚、乐观包容、友善公益”的天府文化，成为了推动成都繁荣发展的深沉力量。成都，是国家最具发展实力、创新活力和开放魅力的城市之一，是重要的现代产业和高新技术产业基地，2018 年实现 GDP1.53 万亿元，在 GaWC 发布的世界城市排名中，成都跃升 29 位至全球 71 位，连续 10 年蝉联“中国最具幸福感城市”榜首、连续 4 年蝉联“中国新一线城市”榜首。这座独具文学底蕴、独特文化魅力、独有生活美学的国际化都市，已成为了世所公认的“来了就不想离开的城市”。

成都厚重博大的文化根脉在新时代焕发出蓬勃的生机活力。党的十八大以来，成都以坚定的文化自信和文化自觉，奋力建设“蜀风雅韵、中国风范、国际风尚”的世界文化名城，努力打造中华文化传播高地、国际文化交流互鉴高地。既礼敬历史、挚爱传统、传承文化，也拥抱现代、面向未来、发展文明，着力推动天府文化创造性转化创新性发展，加快文商旅体融合发展，塑造世界文创名城、赛事名城、旅游名城和国际音乐之都、美食之都、会展之都“三城三都”品牌。2017 年成都已正式成为继香港、上海、深圳、台北之后中国第五个世界文化名城论坛成员城市。

孔子曰：不学诗，无以言。中国是诗的国度，拥有悠久的诗歌传统和璀璨的诗歌文化，为中华民族生生不息、发展壮大提供了丰厚滋养。成都这座城市的血管一直流淌诗歌的基因，历来就有诗歌之城的美誉，“自古诗人皆入蜀”，成都是无数文人墨客笔耕的沃土和精神的家园，诞生了一批灿若星河的诗歌巨匠和脍炙人口的经典诗篇，诗歌已成为成都的精神文化气质，成为成都市民的诗意生活美学。

当前，成都正用民族复兴之光照亮城市前行之路，用新思想新理念塑造城市发展之魂，用天府文化激发千万天府儿女奋进新时代、筑梦新天府的壮志豪情，加快建设全面体现新发展理念城市，奋力推进国家中心城

市、美丽宜居公园城市、国际门户枢纽城市、世界文化名城建设，开启了奋力冲刺世界城市的崭新篇章。文学与诗歌，感国运变化，发时代先声，是激发昂扬向上、开拓奋进的深厚力量。我们正加快建设“书香成都”，大力实施文艺创作“攀原登峰”计划，推动影视、出版、川剧、诗歌、文学等振兴工程，打造更多国际化文化交流平台和节会活动，努力营造浓厚的城市文化氛围，让文学诗歌成为成都的城市气质，全面提升城市文化的凝聚力、影响力、创造力。

“草堂诗歌奖”以鲜明的现实主义气质在诗坛独树一帜，赢得了广大读者和诗人的好评和肯定，已成为塑造当代诗歌新风尚的一支重要力量，以及成都新的文化名片。我们在杜甫草堂这个中国诗歌的重要地标颁发第二届“草堂诗歌奖”，弘扬杜甫诗歌之光，褒奖诗坛实力，培养诗坛新秀，为诗歌界提供对话交流的机会，为诗歌更好走进生活、走进人民、回应时代搭建平台，为诗歌这一古老而年轻的语言和艺术在新时代更加繁荣发展贡献人文成都的应有力量。

新时代文艺繁荣发展，为诗歌兴盛提供了历史性机遇。热切希望诗人朋友们坚持为人民服务、为社会主义服务这个根本方向，聚焦新中国成立70周年主线，以精品奉献人民、引领风尚。热诚期待诗人朋友们在成都感悟美好诗意、获得创作灵感，推出更多富于想象和创造力的美妙诗篇。热情邀请诗人朋友们常来成都，体验天府文化魅力，感受成都发展蓬勃态势，为成都留下更多引领生活美学、传播当代价值的诗篇词章，共同推动社会主义文化繁荣兴盛。

最后，衷心祝愿“草堂诗歌奖”越办越好，为诗歌走向全国、走向世界搭建更为宽阔的平台和载体。

获奖者

年度诗人奖

王小妮

WANG XIAONI

王小妮，生于吉林长春，20世纪80年代移居深圳。出版有诗集《致另一个世界》《月光》等；随笔《安放》《世界何以辽阔》等；小说《1966年》《方圆四十里》等；非虚构作品《上课记》《上课记2》等。

获奖作品《冬天预先私藏了更多珍宝》（组诗）

（原刊载于《草堂》2018.03总第19卷）

授奖词

王小妮一直以本真的写作状态，用良好的直觉与语感，用质朴、率真与洒脱的性情，为我们不断带来审美的愉悦和如何存在的思考。她的诗从对具体生活经验入手，常常能穿透事物的本质，再现生活的酸甜辣苦，表达人生的诸多况味。她敏锐的观察能力，使诗歌的想象力丰富且显示诗歌的陌生化，并在陌生化中获得一种恍然大悟的共鸣。在她这里，诗是最日常的部分，却又日常中呈现新奇，触及时代的病灶，在光明和幽暗之间，在集体和个人之间，在生活和寓言之间，在个人和个人之间达到了一种微妙的平衡。

年度实力诗人奖

邰筐 TAI KUANG

邰筐，1971 年生于山东临沂，现居北京，供职于某法治期刊。首师大年度驻校诗人。曾获第六届华文青年诗人奖、首届泰山文艺奖、第三届诗探索·中国诗歌发现奖、第二届汉语诗歌双年十佳等奖项。著有诗集《凌晨三点的歌谣》《徒步穿越半个城市》两部，诗合集多部。部分诗歌被译成英、俄、日、韩等多种语言介绍到海外。

获奖作品《邰筐诗歌 30 首》

（原刊载于《诗探索》2018 年第 1 辑）

授奖词

邰筐的诗以特有的方式呈现工业文明狂飙突进与农耕情怀的全面陷落之间的矛盾，呈现一代人尴尬的生活史与生存史。他把目光更多地对准纷繁复杂的外部世界，向被遗忘、被省略、被遮蔽、被挤压的人群中投去悲悯的目光。他对正在发生的，甚至仍在加剧的世界之疼做出冷静的反应，以简约素朴的语言，质感化地还原和展露叙事的细节，由此产生了多元的指向与变量，最终使诗歌呈现了与现实一致的真实与精确，并且使主旨往生活、世间与人性关怀的深处无限推进。

年度实力诗人奖

李轻松 LI QINGSONG

李轻松，生于20世纪60年代，毕业于中央戏剧学院，曾在精神病院工作五年。80年代开始文学创作，曾参加过诗刊社第十八届青春诗会，荣获第五届华文青年诗人奖，2007-2008年度首都师范大学驻校诗人，2008年度中国最佳诗歌奖、年度优秀诗人奖，2017中国诗歌排行榜双年度女诗人奖。有诗剧《向日葵》、国乐剧《春江花月夜》、京剧《战沈州》等呈现，另有影视作品多部，现为职业编剧。

获奖作品《无处不悲欢》（组诗）

（原刊载于《草堂》2018.02总第18卷）

授奖词

李轻松的诗歌自带语境难度和诗意高度，自带唯美论的纯粹气质又竭力袒露其固有标签。现代主义的修辞技巧和后现代主义的诗写节奏同构一体，让其诗歌巧妙摆脱当前诗坛风格与形式上的束缚，跨越式地绽裂出诡异的瑰丽。她把诗歌置身于各种矛盾的对立面展开抒写，予以无缝对接地拼贴完善，现实与超现实变幻下的意象、隐喻相互牵系和呼应，指向着人世间的各个层面，并有意无意地维持着迷离、斑斓、吊诡的状态，以致她的诗歌充满了难以言喻的美感张力和多重性语义功效。

年度诗评家奖

霍俊明

HUO JUNMING

霍俊明，河北丰润人，文学博士后、中国作协创研部研究员、中国作协诗歌委员会委员、首都师范大学中国诗歌研究中心兼职研究员，著有《转世的桃花：陈超评传》《尴尬的一代》《有些事物替我们说话》《变动、修辞与想象》等专著、诗集、随笔集等十余部，在《文学评论》《光明日报》等核心期刊发表论文两百余篇，被《新华文摘》《人大复印资料》《读者》等全文转载数十次。编选《天天诗历》《年度诗歌精选》《青春诗会三十年诗选》《在巨冰倾斜的大地上行走》《诗坛的引渡者》等。

获奖作品《一份提纲：关于90后诗歌或同代人写作》

（原刊载于《扬子江评论》2018年第3期）

授奖词

霍俊明近年来的诗歌评论全方位揭示了诗歌的时代遭际和现实困境，在驳杂的诗歌现场和文化图景中，他以炼金术般的坚定执着和开拓者的先锋精神，将诗歌评论的触须深入当下诗歌现场的纵深腹地；尤其是对80后、90后青年诗歌写作者，他以广阔的关注目光和细微的考究精神，提炼出代际间写作的“关键词”，揭示出其诗歌发生学机制和“隐秘的亲缘关系”，为其诗歌写作提供了广阔的诗学参考。在新诗发展蓬勃的当下和同质化日趋严重的批评现场，他以严谨的写作态度和广阔的文化视野，为我们的诗歌写作画像，彰显出批评的力量和评论家的文化担当。

年度青年诗人奖

陈翔

CHEN XIANG

陈翔，生于1994年，江西南城人，毕业于武汉大学新闻系，现居北京。曾获光华诗歌奖（2016）、樱花诗赛奖（2015）。诗作少量发表，散见于《诗刊》《扬子江》《飞地》等。

获奖作品《陈翔的诗》

（原刊载于《扬子江》诗刊2018年第3期）

授奖词

陈翔具有异常出色、敏锐的语言质感，他以娴熟的技艺、卓越的想象力，营造出一种风平浪静下暗流涌动的诗歌气韵。句子之间内在节奏的推进、整合和拿捏，以及丰富的比喻、变换的修辞，都极大地扩展了诗歌的语言张力和表达空间，凸显了文字的独特魅力。生活仿佛为接受他的感受而做了某些准备，他则毫不设防地被带入了生活与情感的复杂体验中，并从容、舒缓地处理其间微妙的关系。从中我们看见一颗年轻诗心蕴纳的时空，在这种时空中，微小即为宽博，柔弱即是大力。

年度青年诗人奖

程川

CHENG CHUAN

程川，1993 年出生于陕西宁强，巴金文学院签约作家。文字散见于《诗刊》《花城》《散文选刊》等。曾获第三届红高粱诗歌奖，2015《星星》年度大学生诗人奖，第四届“紫金•人民文学之星”散文佳作奖。现居成都。

获奖作品《活着，正在身临其境》（组诗）

（原刊载于《草堂》2018.09 总第 25 卷）

授奖词

程川是一个具备对语言自觉、生命内省和现实体认的诗人。他以瑰丽的修辞、斑斓的想象，以及新奇的意象组合、打破常规的语言表达，营建出迂回、绵密、大河奔腾似的艺术气韵，体现出一种月华如练、水银泻地的才情，张弛有度，虚实结合，既有刀锋的冷峻、异峰的陡峭，又有阳光的和煦、柔风的温情。但他又并未沉溺于词语的迷宫和修辞的幻境，而是从字里行间呈现出他对现实、历史、生活和命运的惶惑、诘问与思考，呈现出一种混沌与清晰交织、脆弱与坚实交融的精神图景。

年度青年诗人奖

康雪 KANG XUE

康雪，曾用笔名夕染，生于1990年冬月，湖南新化人，暂居益阳。曾参加第四届人民文学新浪潮诗会、诗刊社第三十四届青春诗会，有作品发表于《人民文学》《十月》《诗刊》等。出版诗集《回到一朵苹果花上》。

获奖作品《纪念品》（组诗）

（原刊载于《诗刊》2018年12月上半月刊）

授奖词

从少女到母亲的身份转换，让康雪在诗中重新获得了看待世界的新视角，获得了生活的新体验。在身份的转变和赤子之心的恒常不变中，她消解生活对诗的压迫感，增加诗对生活的调控，取得诗与生活“朴素而伟大的胜利”。她处变不惊，看万物皆为新生，以婴儿的视角、婴儿的属性观察万物，从生活细琐的瞬间或细节中提炼诗意，捕捉灵感，借助开阔的想象力和鲜活的感受力，让词语在轻灵的飞翔中，呈现出女性独有的精神体验、情感秘密和心灵感知。

颁奖现场

2019第二届
草堂诗歌奖
年度实力诗人奖
李轻松

2019第二届
草堂诗歌奖
年度诗评家奖
霍俊明

指导单位：中国作协诗歌委员会 四川省作家协会
主办单位：草堂诗刊社 成都商报社
协办单位：成都杜甫草堂博物馆
特别鸣谢：四川郎酒集团有限公司
康雪